八十天环游地球

[法] 儒勒·凡尔纳　著
张茉　译

陕西新华出版
陕西人民出版社

图书在版编目（CIP）数据

八十天环游地球 / （法）儒勒·凡尔纳著 ; 张茉译.
西安 : 陕西人民出版社, 2024. --（小书虫读经典）.
ISBN 978-7-224-15554-9

Ⅰ. I565.44

中国国家版本馆CIP数据核字第20246T8B36号

八十天环游地球

BASHITIAN HUANYOU DIQIU

作　　者　（法）儒勒·凡尔纳
出版发行　陕西人民出版社
　　　　　　（西安市北大街147号　邮编：710003）
印　　刷　文畅阁印刷有限公司
开　　本　787毫米 × 1092毫米　1/32
印　　张　7
字　　数　117千字
版　　次　2024年10月第1版
印　　次　2024年10月第1次印刷
书　　号　ISBN 978-7-224-15554-9
定　　价　49.00元

但凡人能想象到的事物，必定有人能将它实现。

——儒勒·凡尔纳

种好处女地

——“小书虫读经典”总序

梅子涵

儿童并不知道什么叫经典。在很多儿童的眼里，你口口声声说的经典也许还没有路边黑黑的店里卖的那些粗制滥造的漫画好看。现在多少儿童的书包里装着的都是那种漫画，还有那些迅速瞎编出来的故事。那些迅速瞎编故事的人都当上富豪了，他们招摇过市、继续瞎编，扩大着自己的富豪王国。很多人都担心呢！我也担心。我们都担心什么呢？我们担心，这会不会使我们的很多孩子成为一个个阅读的“小瘪三”？那么什么叫阅读的“小瘪三”呢？大概的解释就是：没有读到过什么好的文学作品，你让他讲个故事给你听听，他一开口就很认真地讲了一个低俗段子，他讲的时候还兴奋地笑个不停，脸上也有光彩。可是你仔细看看，那些光彩不是金黄的，不是碧绿的，不是鲜红的。那是怎样的呢？你去看看那是怎样的吧，仔细地看看，我不描述了，总之我也描述不好。

所以我们要想办法。很多年来，人类一直在想办法，让儿童们阅读到他们应该阅读的书，阅读那些可以给他们留下美好印象，使他们永远感到温暖，变得善良智慧，懂得生命哲理的书；那些等他们长大以后，能充满留恋地想到、说起，而且心里和神情都很体面的书。是的，体面，这个词很要紧。它不是指涂脂抹粉再出门，当然，需要的脂粉也应该涂抹；它不是指穿着昂贵衣服上街、会客，当然，买得起高价衣服也不错，买不起，那就穿得合身、干干净净。我现在说的体面是指另一种体面。哪一种呢？我想也不用我来解释吧，也许你的解释会比我的更恰当。

人的一生中童年是无比美妙的，也是必须栽培的。如果不把“经典”往这美妙里栽培，这美妙的童年长着长着可能就会弯弯曲曲、怪里怪气了。这个世界实在是不应当有许多怪里怪气、内心可恶的成年人。这个世界所有的让生命活得危险、活得可怜，让很多条道路都不通罗马的原因，几乎都可以从这些坏人的脚印、手印，乃至屁股印里找到证据。让他们不再出现的根本方法究竟是什么，我们目前无法说得清楚，可是我们应该相信，种好处女地，把真正的良种栽入童年这块干净的土地，是幼小生命可以成长，并且可以优质地成长的一个关键前提，是一个每个大人都可以试一试的好处方，甚至是一个经典处方。否则这么多年来世界上各个国家都喊着“经典阅读”简直就是瞎喊了。你觉得这会是瞎喊吗？我觉得不会！当然不会！

我在丹麦的时候，曾经在安徒生的铜像前站立过。他为儿童写过最好的故事,但是他没有成为富豪。铜像的头转向左前方，安徒生的目光如童话般软和、缥缈，那时他当然不会是在想怎么成为一个富豪！陪同我的人说，因为左前方是那时人类的第一个儿童乐园，安徒生的眼睛是在看着那个乐园里的孩子们。他是在看着那处女地。他是不是在想，他写的那些美好、善良的诗和故事究竟能栽种出些什么呢？他好像能肯定，又不能完全确定。但是他对自己说：我还是要继续栽种，因为我是一个种处女地的人！

安徒生铜像软和、缥缈的目光也是哥本哈根大街上的一个童话。

我是一个种处女地的人。所有的为孩子们出版他们最应该阅读的书的人也都是种处女地的人。我们每个人都应当好好种，孩子们也应当好好读。真正的富豪，不是那些瞎编、瞎出烂书的人，而应当是孩子，是我们。只不过这里所说的富豪不是指拥有很多钱的人，而是指拥有生命里的体面、高贵的情怀的人，是指孩子们长大后，怎么看都是一个像样的人，从里到外充满经典气味的人！这不是很容易达到的。但是，阅读经典长大的人会渴望自己达到这种境界的。这种渴望，本身就已经很经典了！

儒勒·凡尔纳

（1828—1905）

《八十天环游地球》电影海报

《八十天环游地球》原版扉页

译者序

法国著名作家儒勒·凡尔纳（Jules Verne 1828—1905），以科幻小说和冒险小说著称，被誉为“现代科学幻想小说之父”。他出生于法国西部的南特，父亲希望他可以子承父业，成为一名优秀的律师。1848年，凡尔纳赴巴黎学习法律。但是自幼就酷爱科学、喜欢幻想、痴迷于文学的凡尔纳，在此期间结识了文学家大仲马，而且与其成为好朋友，之后在大仲马的影响下，也开始了文学创作。1850年，他们合作完成了剧本《折断了的麦秆》，该剧本在大仲马的剧院成功上演。1863年，凡尔纳出版了他的第一部小说《气球上的五星期》，反响极好。在此激励下，凡尔纳又发表了总标题为《在已知和未知的世界中奇异的漫游》的科学幻想小说，包括《地心游记》《从地球到月球》《环绕月球》《海底两万里》和《神秘岛》等。

他总共创作了六十六部长篇和短篇小说集，一册《法国地理》，一部六卷的《伟大的旅行家和伟大的旅行史》以及一些剧本。

凡尔纳的作品不仅文笔流畅、清新，情节跌宕起伏，更可贵的是他那非凡的想象力。他虽然不出家门却熟知天下事，就像书中的主人公一样是一个奇人。在长达四十多年的时间里，他几乎没有去过世界上的任何一个地方，无论是天上、地心还是海底，只是坐在自己的家中，日复一日地不停挥舞着手中的笔杆，用无边的想象尽情地创作。更值得一提的是，凡尔纳可谓是一位天才的预言家。他发挥想象设计出来的东西，后人都将它们变成了现实，比如电视、直升机……正如他所说"只要有人能想象得出来，以后必定有人来实现"。但是，这些想象也并非毫无根据。那时万有引力已经得到广泛的认同，天文学、科技也已经有了一定的发展。经过对这些科学知识的认识、熟悉，凡尔纳在这些最新科技的基础上，有科学依据地进行了一步步的设想。极其细致逼真的描述，不仅让读者如痴如醉，更给了工程师们良好的启发。

《八十天环游地球》是凡尔纳最著名的作品之一。剧中的主人公菲利亚斯·福格先生，是一位上流社会的绅士，举止文雅、深居简出，特点是准时、严肃、办事细致周密。他似乎有着花不完的钱，但是人们却不知道他的钱从何而来。突然有一天，一件偶然的事，改变了他这几十年如一日的生活。英国国家银行发生盗窃案，引起人们激烈的争论：八十天是否可以环游世界？于是福格先生用自己的一半家产和俱乐部的牌友们打赌，说他可以在八十天甚至更少的时间里完成环游世界的旅行。为了证明自己的论断，福格先生带上了刚刚雇用的仆人——路路通，开始了这一段不可思议的旅行。

这部集科学与艺术于一身的作品，吸引了无数读者，带给他们独特的阅读体验。直到今天，众多读者仍怀揣对作者的崇敬，感受着作者的想象，细细品读着《八十天环游地球》。

张茉

Around the World in Eighty Days

目　录

第一章　代价沉重的谈话

改良俱乐部里有一位神秘的先生——菲利亚斯·福格。这次他又换仆人了，因为什么呢？那新仆人又会是谁呢？信誉良好的银行居然出现了窃贼，损失了两万英镑！这样的大事件带来了什么影响呢？新仆人刚刚以为自己找到了理想的工作，而福格先生的一个决定却改变了这一切……

1872年，在萨维尔大街7号的伯灵顿花园里，住着一位神秘的先生，他总是低调行事，却成为伦敦改良俱乐部里最受瞩目的人，他就是菲利亚斯·福格。

有人说他长得像拜伦（画像），不过只有脑袋像，至于脚可不像，因为他的脚实在是很健康。而且他还比拜伦多留了一撇小络腮胡子，尽管他总是面无表情，但是看起来永远年轻！奇怪的是，在伦敦的各大商行、委员会、学院或者协会中，从未有人见过他的身影。

那么，一位如此神秘的绅士，如何进入了这个赫赫有名的俱乐部呢？其实他是经巴林兄弟引荐才加入的！在他们的银行里有一个福格先生的账户。因为这个账户总是会有一些余款，所以得到了良好的信用。那这位福格先生很有钱吗？当然，这个毫无疑问！

他的另一个神秘之处是他的少言寡语，因为没有谁能比福格先生更不喜欢交际。但是他熟知世界地理，即使是非常偏僻的地方，他似乎也了如指掌。然而菲利亚斯·福格已经很多年没有离开过伦敦了，每天都只是行驶在两点一线上——从他家到俱乐部的路上。

菲利亚斯·福格先生仅有的消遣，就是读报纸和打惠斯特牌——一种安静的纸牌游戏，这倒是很符合他的性格。他常常赢钱，只不过这些钱会被他变成慈善基金的一部分。

萨维尔大街的这幢房子，虽然不像宫殿那样富丽堂皇，但是无比舒适。正因为它的主人福格先生每天有着规律的作息，所以仆人的任务也就少得多。而菲利亚斯·福格先生对仆人的唯一要求，就是高度的守时和生活的绝对规律。10月2号，就在这一天，菲利亚斯·福格先生辞退了他之前的仆人詹姆士·福斯特，因为那天他给福格先生端来的剃须水不是华氏八十六度，而是八十四度。现在，福格先生正等着他的新仆人，而这位新仆人应该在十一点到十一点一刻之间到。

此时的福格先生，端正地坐在扶手椅上，双脚并拢，双手放在膝盖上，上身挺得笔直，头也昂得高高的，就像马上就要接受检阅的士兵一样。而福格先生的眼睛却一直盯着挂钟上的指针。这是一个极其复杂的挂钟，它除了可以指示小时、分钟和秒钟外，还可以指示年、月、日。等到十一点半的钟声敲响的时候，福格先生就会像往常一样，离开家去改良俱乐部。

就在这时，福格先生的门被敲响了。紧接着，门慢慢地被推开，已经被辞退的仆人詹姆士·福斯特走了进来。

"新仆人到了。"他深深地鞠了一躬后说道。

只见他后面迅速闪出一个人影，毕恭毕敬地行了一个礼。他三十来岁，脸上时不时地会露出笑容。

"你是法国人，名叫约翰？"福格先生问。

"我叫让，"新来的仆人上前一步，微笑着回答道，"如果您愿意的话，叫我让·路路通吧！这是我的绰号，同时也说明我天生就有办事的能力！先生，我是一个很诚实的人，老实说我从事过很多职业，比如风餐露宿的流浪歌手，像莱奥塔尔一样表演空中杂技的马戏团演员，整日操劳的体操教练，极其危险的消防队长……不过，我五年前离开了法国，因为我想体验一下家庭的感觉，所以在英国当起了仆人。可是现在，我失业了。听说您，菲利亚斯·福格先生，是全英国最守时、最喜欢待在家里的人，所以我才来到您这儿，希望从此以后可以安安静静地生活，忘掉之前的一切，甚至路路通这个名字……”

“路路通，很合我的口味，”这位绅士嘴角微微上翘，说道，“有人向我推荐过你，现在我对你的情况十分了解。你知道，当我仆人的所有要求吗？”

“知道，先生。”

“那就好。现在几点？”

“十一点二十二分。”路路通从背心的最底部，迅速掏出一块手掌那样大的表，回答道。

“你的表慢了。”福格先生纠正道。

“很抱歉！但这不可能！”

“慢了七分钟。不过也没关系，你只要记住这几分钟的时差就可以。好，从现在开始，也就是1872年10月2日星期三上午十一点二十九分，你，就是我的仆人了！”

说完，福格先生站了起来，身体依旧挺得笔直，习

惯性地用左手拿起帽子，戴在头上，一言不发地走了。此时安静得可以听到呼吸的声音，“当……”十一点半的钟声打破了此时的安静，紧接着砰的一声，路路通听到了临街大门第一次被关上的声音，这是他的新主人出门了。不久，又是砰的一声，这是詹姆士·福斯特——他的前任出去了。

现在，在萨维尔大街的这幢房子里，只剩下路路通一个人。

路路通有些惊讶，自言自语道：“我发誓，这个新主人和我在图索德夫人那里见过的蜡像先生一模一样！那些蜡像十分生动、逼真，就是不会说话！”

虽然和新主人只接触了很短的时间，但是路路通已经快速、仔细地将他的新主人观察了一遍：英俊、大气、冷静、沉着。事实上，福格先生的气度确实是非常从容不迫的：从容到走的每一步路、做的每一个动作。而路路通也绝不是一个傲慢无礼、冷漠无情的滑稽小丑，绝对不是！路路通是一个正派、讨人喜欢、办事得力的小伙子，亲切得如同朋友一般。他长着一双蓝色的眼睛，脸胖胖的，腮帮子鼓得连自己都能看得到，但是却像婴儿一样红润。他的胸膛宽阔、身材魁梧、肌肉发达，是个真真正正的大力士！这些都是他年轻时候锻炼出来的。而他的头上总是顶着那一团乱糟糟的棕发，如果说古代的雕像家有十八种方法梳理密涅瓦的秀发，那么路路通则只会最简单的一种：抓起粗齿的大梳子，在头上随意来三下，那就算梳好了！

路路通非常喜欢这幢房子，干净、整齐、朴素，十分方便打理。煤气提供的光和热，传遍了每一个角落，在他看来，整幢房子就像是一个漂亮的蜗牛壳，而且比它更明亮、更温暖。他毫不费力地找到了自己的房间，房间里有电铃和通话设备，能联系到地下室和二楼的各个房间。壁炉上还有一个电子钟，上面的时间和福格先生卧室的那个钟完全一致，两个钟会同时报时，一秒都不差。

“这里真是太适合我了！太适合我了！”路路通兴奋地自言自语道。

钟上边还有一张纸，上面写着每天的工作安排。详细地写着从八点福格先生起床，一直到十一点半福格先生离开家去改良俱乐部吃午饭，这段时间内所有具体的工作，一直精确到每分钟。细心地检查完每一个角落后，路路通兴奋地拍了拍手，胖嘟嘟的圆脸乐开了花，高兴地叫道：“这里太适合我了！这就是我要找的工作！福格先生一定会和我相处得非常融洽！他就是一个不爱出门的人，一个生活非常有规律的人！他简直就是一台机器！当然，我非常愿意伺候这样的一台机器！”

十一点半，福格先生离开家，在左右脚各迈了五百七十五步后，来到了改良俱乐部，坐在了固定的桌子前，桌上摆着丰盛的午餐：一个冷盘，一条酱汁鱼，一份蘑菇酱煎牛排，一块蛋黄和青栗夹心蛋糕，一块柴郡干酪，还有几杯改良俱乐部专门准备的好茶。

十二点四十七分，这位绅士站起身走向客厅。在这间豪华的大厅里，挂着很多幅装裱得非常精美的画。一个仆人将一份未经剪裁的《泰晤士报》递给他，福格先生熟练地将它裁开，显然他已经熟悉了这项非常复杂的工作。三点四十五分，他读完了这份报纸，又开始看《标准报》，一直看到该吃晚饭的时候。晚饭的情形和中饭时相同，只是多了一份英国皇家沙司。六点四十，这位绅士，福格先生，又重新回到了大厅，专心地读起《每日晨报》来。

半个小时后，一些俱乐部的会员也开始纷纷走进大厅，来到熊熊燃烧的壁炉前。其中的大部分都是菲利亚斯·福格先生的牌友，和他一样热衷于玩惠斯特牌，有工程师安德鲁·斯图尔特、银行家约翰·沙利文和萨缪尔·法朗丹、啤酒批发商托马斯·弗拉纳根以及银行董事会董事之一戈蒂埃·拉尔夫，个个都是财富雄厚、名声显赫的大人物。“对了，拉尔夫，”托马斯·弗拉那根问道，“那起盗窃案现在进展如何？”

“唉，”安德鲁·斯图尔特感叹道，“看来银行不得不扛下这笔巨大的损失啦！”

“不过，”戈蒂埃·拉尔夫说，“我倒是希望最终能抓到小偷。警察局已经在美洲和欧洲的各大重要进出口码头，派出了很多英勇、精明又得力的侦探分别驻守。这个小偷想要逃脱，恐怕还真不是一件容易的事。”

“那警方已经掌握了那个盗贼的外貌特征了吗？”安德鲁·斯图尔特反问道。

“首先，这个家伙并不是个贼。”戈蒂埃·拉尔夫严肃地说。

“什么？这个家伙已经盗取了五万五千英镑的现钞，居然还不是贼？”

“不是。”戈蒂埃·拉尔夫仍严肃回答道。

“难道他还是一个工业家吗？”约翰·沙利文反问道。

“《每日晨报》中肯定地说这是一位绅士。”一个坚定的声音从不远处传来，那正是菲利亚斯·福格先生，他从一大堆报纸中探出头来，向在场的每一位致意，所有的人也都纷纷还礼。

现在讨论的这件焦点事件，发生于三天前，也就是9月29日，在一家英国银行总出纳员的桌子上，一捆五万五千英镑的巨额现钞被人拿走了。值得注意的是，这样一笔数额十分庞大的现金，居然这么容易就被窃贼拿走了。用这位银行副总裁戈蒂埃·拉尔夫的话解释就是：当时，出纳员正在忙于登记一项三先令六便士的进款，没有顾及其他情况。还有一点就是，这是一家信誉良好的英国国家银行，为了表示对顾客的尊重，银行没有设一个警卫、看守，或是任何栅栏！所有的黄金、白银、钞票都随意堆放，就像是为了答谢每一位到来的客人似的。他们从不怀疑任何一位顾客。曾有一位很出色的观察者，他非常熟悉英国人的习惯，讲过这样一个故事：一天，他来到银行的营业厅，突然对出纳员柜台上那根金条很好奇，它足有七到八磅重，就很想靠近看一看。于是他拿起金条，认认真真、仔仔细细地端详了一番，一转身就递给了身边的一个人。没想到，这人看完以后，又把它传给了下一个人。这根贵重的金条就这样一个接一个地被人们传下去，一直传到了走廊尽头那灰暗的角落，然后过了足足半个小时才被传回柜台，而这期间，出纳员的头竟一次也没有抬过。

但是，9月29日那天，情况就完全不一样了。那捆钞票直到最后也没有回到柜台上。五点下班的钟声敲响之后，这五万五千英镑不得不登记到银行亏损的账上。

这确实是一起偷窃案，警方随后挑选了一些最优秀的侦探，把他们派往每一个重要的港口，像利物浦、苏伊士等。银行更是拿出两千英镑，并许诺把追回赃款的百分之五用来奖励追捕到窃贼的人。

有人看到，9月29日这天，在案发的出纳大厅里徘徊着这样一个人，衣冠楚楚、举止得体、神态高贵，可以肯定他是一位绅士。很快，警方确定了他的外貌特征。这个消息也以最快的速度传遍整个英国，成为头条新闻。

而这位尊贵的戈蒂埃·拉尔夫先生，对调查的结果十分肯定，他认为如此高额的悬赏一定可以激发警察、侦探的干劲，盗贼一定会被抓到。但是安德鲁·斯图尔特远没有那么乐观。这件事情也成为他们关心的焦点，甚至连打惠斯特牌的时候，他们仍然在讨论。但是打牌时他们照旧不说话，不过在每打完一局的间隙，中断的谈话又会继续，而且一次比一次激烈。

“我觉得，”安德鲁·斯图尔特说，“这个窃贼的运气那么好，肯定是一个机灵的家伙！”

“算了吧！”拉尔夫反驳道，“他已经逃不了了，哪怕他现在在世界上任何一个国家，都不可能逃脱！”

“算了吧！”

“那您觉得他还能去哪儿？”

“我不知道，”安德鲁·斯图尔特答道，“但是，不管怎么样，地球是非常大的！”

“它以前的确很大，”菲利亚斯·福格先生低声说，然后又补充道，“先生，轮到您切牌了。”于是牌被推到托马斯·弗拉纳根面前。

谈话暂时中断了，但是很快又回到了这个话题。

“什么？以前是？难不成现在的地球，突然缩小了？”安德鲁·斯图尔特瞪大了眼睛，惊叫道。

“也是有可能的！”戈蒂埃·拉尔夫回答，“我同意福格先生的看法，地球确实缩小了！因为现在绕地球一圈比一百多年前快了十倍。所以，关于这件案子，搜索盗贼的工作也会进展得更快。”

“可是盗贼要逃跑的话，也变得更容易了啊！”

“拉尔夫先生，必须得承认，您刚才为了说明地球变小了，开了一个很不错的玩笑！因为我们现在绕地球一圈只需要三个月……”

“只要八十天！”菲利亚斯·福格说。

“是的，先生们，”约翰·沙利文附和道，“自从印度半岛的罗塔尔到安拉阿巴德段铁路通车以后，八十天确实就足够了。《每日晨报》还刊登出了计算的方法呢。”

从伦敦到苏伊士，途经塞尼山和布林迪西，	铁路和邮轮，	七天；
从苏伊士到孟买，	邮轮，	十三天；
从孟买到加尔各答，	铁路，	三天；
从加尔各答到香港（中国），	邮轮，	十三天；
从香港到横滨（日本），	邮轮，	六天；
从横滨到旧金山，	邮轮，	二十二天；
从旧金山到纽约，	铁路，	七天；
从纽约到伦敦，	邮轮和铁路，	九天；
总天数，		八十天。

“真的吗？八十天！”安德鲁·斯图尔特叫道，“但是坏天气、逆风、海难、火车脱轨等，这些突发状况都没有计算在内吧！”

“所有的都已经算进去了！”菲利亚斯·福格一边打牌一边回答道。他还是一如既往地平静。这一次，打惠斯特牌的规则没有被遵守，讨论没有中断，仍旧继续着。

“如果突然有人挖掉铁轨呢？像那些印第安人或印度土著一样。”安德鲁·斯图尔特嚷道，“如果他们还拦截火车、抢劫财物、夺走行李、袭击游客呢？这些也算在内了吗？”

“所有的都包括在内了。”菲利亚斯·福格先生回答。紧接着他推倒了自己的牌，说道：“两张王！”

轮到安德鲁·斯图尔特洗牌了，此时他洗牌的速度明显慢了下来，他边洗边说：

“理论上讲，您说的是没错，但是，福格先生，实际上……”

“斯图尔特先生，实际上也是如此。”

“真想看您实践一下。”

“时间由您决定。我们到时一起出发。”

“上帝保佑。”斯图尔特叫道，“但是根据刚才列出的那些条件，八十天环游地球是不可能的，我敢用四千英镑来跟您打赌！”

“恰好相反，这是完全有可能的。”福格先生回答。

“好，那您就试试看吧！”

“八十天环游地球？”

“是的！”

“我非常愿意打这个赌！”

“什么时候出发？”

“就现在！”

“简直是疯啦！”安德鲁·斯图尔特嚷道，他开始感到恼火，因为他的这位牌友太固执了。

“好吧！我们还是打牌吧！”

“可以，那就再重新来吧！”菲利亚斯·福格先生回答道，“因为刚刚出错牌了。”

安德鲁·斯图尔特又重新拿起了牌，他的手因为有些激动而微微颤抖起来。突然，他把牌往桌子上一放说：“好，福格先生，我同意，我就赌四千英镑！”

“斯图尔特，我的朋友，”法朗丹打圆场说道，“请您冷静一点，别当真！”

“我说了，我要打这个赌，”安德鲁·斯图尔特的态度十分坚决，“我是认真的！”

“行，”福格先生答应道，于是，他又转过头向大家宣布，“我在巴林兄弟银行的账户里有两万英镑的存款，我愿意用这笔钱来打赌……”

“两万英镑！”约翰·沙利文忍不住叫了起来，“只要有一点意料不到的耽搁，您就会输掉这两万英镑啊！”

“不存在意料不到的事！”菲利亚斯·福格简练而坚定地回答道。

“但是，福格先生，这八十天是用所需的最短时间来计算的！”

“最短时间只要好好利用，已经足够了。”

“但是，要想在这个时间内完成，必须精确计算火车

和邮轮之间的转换时间，并且做到紧密衔接啊！”

“我会精确地计算时间的。”

“开玩笑！”

“像打赌这样严肃的事情，作为一个真正的英国人，是不会开玩笑的。”福格先生面无表情地回答，“我愿意拿出两万英镑作为赌注，跟所有愿意参与的人打赌，赌我可以用八十天的时间环游地球，也就是一千九百二十个小时，或是十一万五千二百分钟，又或者是更少的时间，那么现在有人愿意和我赌吗？”

“我们赌！”片刻的寂静后，斯图尔特、沙利文、法朗丹、弗拉纳根和拉尔夫终于达成了一致。

“好，”福格先生说，“去往多佛尔的火车会在晚上八点四十五分开，我就坐这班车出发。”

“就在今晚？”斯图尔特问道。

“就在今晚。”菲利亚斯·福格微微地点了下头，回答道。随后，他从衣兜里拿出了一本袖珍日历，查了一下补充说：“今天是10月2日，星期三，也就是说，我应该在12月21日，星期六，晚上八点四十五分之前回到伦敦，回到这里，改良俱乐部的这间大厅里。否则，我在巴林兄弟银行账户上那两万英镑，就将属于你们，合法属于！这是一张两万英镑的支票。”随即，他掏出笔在那张两万英镑的支票上签下了菲利亚斯·福格这行醒目的字。

六个人一起起草了一份协议，内容就是这次的赌约，并在上面签上了字。菲利亚斯·福格一直很冷静。显然，他打赌不是为了赚钱。他用这两万英镑——他的一半家产——来打这个赌，并打算用他的另一半家产，来渡过旅途中所有难关，完成这项几乎不可能完成的计划。而他的对手们看起来情绪似乎有些激动，倒不是因为数额巨大的赌注，而是在这样的打赌氛围中，他们感到些许的踌躇。

七点的钟声敲响了。大家让福格先生不要再继续打惠斯特牌了，他应该回家为出发做些准备了。

“我随时都可以出发！”这位绅士一边面无表情地出牌，一边回答道，“我翻到了方片。斯图尔特先生，该您了！”

七点二十五分，菲利亚斯·福格打完惠斯特牌，起身向几位声名显赫的同伴告辞，随后离开了俱乐部。七点五十分，他打开了家门，回到家中。

路路通此时看到主人，不禁感到惊讶，因为他已经将作息时间牢牢地记下来了，所以在这个不符合惯例的时间，主人怎么会回家呢？他应该在午夜十二点准时到家才对呀！

福格先生直接上楼回到了自己的房间，之后叫道：

“路路通。”

但是路路通没有回答。他看了看手里的表，自言自语着：“这应该不是在叫我。还没有到该叫我的时间呢！”

“路路通。”福格先生再次叫道，但是声调并没有提高。

路路通终于出现了。

“我已经叫过你两遍。”福格先生说。

“但是，并没有到半夜十二点啊。”路路通回答。同时他又低下头，看了一眼手里拿着的表。

“我知道。”福格先生说，“只是我们十分钟之后要出发，去多佛尔和加来。”

瞬间，在这个法国人的脸上，呈现出一种奇怪的神情。显然，他是怀疑自己听错了。

“先生是要出门吗？”路路通向前探出头，轻轻地问道。

“是的！”福格先生回答，“我们要去环游地球！”

顿时，路路通瞪大了双眼，眼皮和眉毛也向上高高挑起，双手耷拉着，浑身瘫软，仿佛没有一点力气了。总之，所有吃惊到极致的反应，都在他身上彻底地展现出来了。

“环游地球！”他喃喃自语。

“用八十天的时间，”福格先生回答说，“所以我们一分钟都不能耽搁。”

“啊？那……行李呢？”路路通的脑袋不由自主地左右晃动着。

“我们不带行李，只带一个旅行包。里边装两件羊毛衬衣和三双袜子。你也只带这么多。其余的在路上可以买到。记得把我的雨衣和旅行用的毛毯也带上。虽然我们可能不会走很多路，或许根本就不用走路，但还是要穿一双结实一点的鞋子。快去准备吧！”

路路通很想答应一声，但是最终也没有发出任何声音。他一步一步沉重地走出福格先生的房间，慢慢地上楼去，回到了自己的房间，然后重重地跌坐在一张椅子上，用家乡的土话重重地说了句：“嘿！真是的！我还想过安安静静的日子呢！”

他一边机械地收拾着行李，一边忍不住想：八十天环游地球？他疯了吗？受什么刺激了？不可能……开玩笑吧？去多佛尔，行！去加来，没问题！无论如何，正直的我是不会退缩的！我已经五年没有踏上过祖国的土地了。也许我们会一直走到巴黎，可以再次见到伟大祖国的首都，这是一件多么让人高兴的事啊！是啊，像主人这样连一步也不肯多走的人，一定会在那里停留的……应该会的！不过真是不敢相信，在此之前，那么深居简出的绅士也会出远门，还是去旅行！

八点钟，路路通已经准备好旅行包，里边装着他和主人所需的所有衣物。他精神恍惚地离开房间，锁好门，去和福格先生会合。

福格先生已经准备好了，腋下还夹着一本《布雷德肖大陆铁路轮船运行总指南》，这本书里囊括了他在旅行中需要的所有交通信息。福格先生接过路路通手中的包，塞进去一叠厚厚的钞票，这些钞票在世界各国都通用。

“你没有忘带什么吧？”他问。

“先生，都带齐了！”

“我的雨衣和旅行毛毯呢？”

“在这里！”

“好，把包拿好。”福格先生把包递给路路通后，又补充道，“小心点拿，里边有两万英镑。”

路路通一下子愣住了，连包都差点从手中滑掉，就好像这两万英镑全都变成金子做的那样沉。

主仆两人一同走下楼，给大门上了两道大锁。八点二十分，二人坐着疾驰的马车，来到了火车站门口。路路通先跳下了马车，福格先生在他后面下来，付了车钱。

这时，一个可怜的女乞丐，朝着福格先生走了过来，乞求他的施舍。只见她手里还抱着一个孩子，赤裸的双脚踩在泥地上，头上顶着一个已经破烂不堪的帽子，帽子上还耷拉着一根可怜兮兮的羽毛，褴褛的衣衫上披着一块破旧的披肩。

福格先生马上将手伸进衣兜里，掏出刚刚打惠斯特牌赢的钱，递给她："善良的夫人，请拿着吧！很高兴见到您！"

说完，他便走了。

路路通忽然觉得眼睛有点潮湿，至少在他的心里，主人和他的距离更近了。

到了车站大厅，福格先生吩咐路路通去买两张开往巴黎的头等车票，然后一回头，看到了改良俱乐部的五位会友。

"我要出发了，"福格先生说，"等我回来时，护照上的每一个国家的签证，可以帮你们验证我的行程。"

"噢，这倒不必！"戈蒂埃·拉尔夫彬彬有礼地回答，"我们相信您的信誉。"

"这样更好！"福格先生说。

"您应该没有忘记什么时候该回来吧？"安德鲁·斯

图尔特试探着问。

“八十天以后，”福格答道，“也就是1872年12月21日，星期六，晚上八点四十五分，好了，先生们，再见！”

八点四十分，菲利亚斯·福格先生和他的仆人路路通一同上了火车。八点四十五分，“嘀嘀……”随着一阵汽笛的长鸣，“轰隆隆……”火车开动了。

夜幕降临，一切都沉浸在灰蒙蒙的夜色中，天空中还飘着零星细雨。菲利亚斯·福格先生静静地靠在车厢一角。路路通到现在也没有回过神来，呆呆地坐在座位上，只是手一直下意识地、紧紧地抱着那个装有两万英镑的包。

突然，路路通绝望地惨叫一声。

“怎么了？”福格转过头，看向路路通问道。

“我……匆忙中……忘记……”

“忘记什么了？”

“忘记关上我房间里的煤气开关了!”

“哦，好吧！”福格先生依旧很平静，又将头转向窗外，“那些煤气费就由你来付吧！”

菲利亚斯·福格先生离开伦敦后，甚至连他本人也不会想到，这次旅行会轰动整个伦敦，乃至整个英国。各大媒体、机构都在议论纷纷，随后就出现了两派人物，一派是支持福格先生的，他们相信福格先生一定可以在八十天的时间里环游地球；而另一派则不支持福格先生，他们认为这根本就是信口开河，在如此短的时间里，仅凭现在的交通条件，想按时回来，根本就是妄想，绝对不可能。而且，在伦敦的市场上还出现了一种新股票——“菲利亚斯·福格股”。但是渐渐地，由于媒体对各种不利形势的指摘、分析，支持福格的人越来越少，最后只剩下一位瘫痪的老人艾伯迈尔勋爵。由于他常年被困在手扶椅上，所以对于环游地球的渴望更加强烈。他愿意一直支持福格先生，一旦有人劝他，笑这是个愚蠢的计划，他就会坚定地说：“如果这个计划可行呢？难道八十天环游地球的第一人是英国人，不好吗？”

其实，菲利亚斯·福格先生的支持者越来越少，还有一个重要的原因。因为一周之后，一件出人意料的事情发生了。就在那天晚上九点，首都警署署长收到了一份电报：

苏伊士致电伦敦

苏格兰广场警察总署署长罗恩阁下，

我正在跟踪银行盗窃案的逃犯菲利亚斯·福格。请火速寄逮捕令到孟买（英属印度）。

菲克斯侦探

好事不出门，坏事传千里。电报的事情就像是深秋的烈火一样，很快就在伦敦蔓延开了。菲利亚斯·福格先生，也从一个可敬的绅士，变成了一个人人厌恶的窃贼。警察仔细地审查了他在俱乐部的每一张照片，巧合的是，照片中的菲利亚斯·福格与警方调查得到的嫌疑人的外貌特征完全吻合。另外，人们一联想到菲利亚斯·福格先生平日的孤僻、神秘，以及这次的突然离开，就认为这个八十天环游地球的计划、两万英镑的赌局都是借口，而他真正的目的只有一个，就是摆脱英国警方的追捕。

第二章　侦探也会焦虑万分

一位如此正直的绅士，怎么会突然之间变成万人唾弃的窃贼呢？难以置信！这位侦探又是谁？怎样的事情会让他如此焦虑？会不会和菲利亚斯·福格先生真有关系？这还要从10月9日的早晨说起……

那么，申请逮捕菲利亚斯·福格的那封电报，是怎么来的呢？

那是在10月9日，星期三的早晨，苏伊士的码头上人头攒动，因为“蒙古号”邮轮会在上午十一点到达。这艘巨轮是轻甲板的钢铁汽轮，并且装有螺旋桨推进器，往返于布林迪西和孟买，途径苏伊士运河，是东方半岛公司最快的邮轮之一，航速在每小时九海里以上。

在这熙熙攘攘的人群中，有两个身影显得十分突出，他们正在不停地踱步，来来回回，似乎发生了什么火烧眉毛的急事。他们中的一个是英国驻苏伊士的领事。因为苏伊士运河地势凶险，就连政府也不看好这里的航运，可是这位领事仍然每天坚持来此，查看过往的船只，看看它们的情况怎么样。

另一个人样子十分着急，看上去应该是一个很精明、很能干的男人，但是他的身材并不是很魁梧，反而有些瘦小。他努力控制着面部的小肌肉群，使自己可以露出微笑。一双充满灵气的眼睛在长长的睫毛下闪烁，流露出期盼的眼神。看得出来，现在的他十分不安，就像是热锅上的蚂蚁，无法在原地停下来，一直不停地来回踱步。他叫菲克斯，是英国国家银行发生那起盗窃案之后被派往重要港口的侦探之一。他的任务就是要时刻保持高度的警惕，注意每一位进出苏伊士的旅客，一旦发现可疑人物，立即上报，在逮捕令未下发之前，注意嫌疑人的一举一动。

事实上，两天前，菲克斯收到了首都警署署长的一份急件，那上面描述了窃贼的部分重要外貌特征，也就是案发当天有人看到的那个家伙的样子——一个神态高雅、穿着得体的绅士。

面对高额的赏金，有谁能不为之动心呢？想必这位菲克斯侦探，对此也早已垂涎三尺了。那么他现在这种迫切的心情也就可想而知了。

“领事先生，”这已经是他第十次对领事进行发问了，“这艘船会不会误点啊？”

“不会的，”领事回答道，“菲克斯先生，您放心，这艘船昨天就已经离开塞得港啦！”

对于这样一艘一直能拿到政府奖金的巨轮（只有提前二十四小时到达目的地的邮轮，才有资格获得政府的奖金）来讲，一百六十公里的路程简直就是小菜一碟！

“那么，这艘船应该直接从布林迪西开过来吧？”菲克斯又问。

“是的，直接从布林迪西开过来！是在周六晚上五点起航的。您先不要着急，它一定不会晚点的。不过，我实在不明白，如果您要找的那个人真的在这艘船上，仅凭那一部分的相貌特征，您要怎么认出他来呢？”

“领事先生，”菲克斯看了一眼领事，嘴角向上翘了翘，抬高了下颚，又继续说道，“与其说我会认出他，倒不如说我会感觉到他。就好像一些人说的第六感一样，这是一种特殊的专业技能，只有久经战场的人才有可能练成，作为一名优秀的侦探，这是一种必不可少的直觉。从我进入这一行业到现在，像这样可恶的绅士，我不止抓过一次，只要他在这艘船上，就一定逃不出我的手心。”

“这可是个要案啊！希望会是这样。”领事舒了口气，但还是微微摇了摇头。

“是的，非同一般的大案子！”菲克斯激动地说，“那可是五万五千英镑啊！现在已经很少有这样巨款失窃的大案子了。在警方严厉的控制之下，窃贼们都改成小偷小摸了，一般他们被抓获时，也只不过是偷了几先令。”

“菲克斯先生，听了您刚刚说的方法，我也很希望您可以擒贼成功，但是，我想再申明一下，以您现在所处的情况，想要抓到他很难。而且，从窃贼的外部特征来看，他完全就是一个正派人士啊！”领事忍不住劝道。

“领事先生，真正的大盗看起来都是一副正人君子的模样，而那些长相奇特，看起来就不是善类、贼眉鼠眼的家伙也只能安分守己，不然他们就会首先被怀疑并在实施盗窃后立刻被抓获。然而，对那些看似老实的人却不能掉以轻心。”菲克斯以一种毋庸置疑的口吻反驳道，“这确实不是一项简单的事情，而且已经远远超出了作为一项工作的界限，上升到学问、艺术的境界了。”

想必你已经看出来了，这是一个多么自命不凡的侦探啊！

这时候的码头，越来越热闹了，所有人都涌了过来，他们中有来自不同国家的水手、商人、农民等，各行各业的人都有。

一定是那艘轮船快到了吧！

今天的天气相当好，虽然偶尔会有几丝微风吹过，带来些许凉意，但是温暖的太阳，总是会洒下一片片的光芒，照耀着这个城市，就连远处的那几座清真寺也隐约可以看到！南面筑起的一段长达两千多米的河堤，就好像从人群所处的陆地上伸出的一条长长的手臂，穿过苏伊士运河，托起了光芒四射、带给人们无限温暖的太阳。红海的海面上，数艘渔船以及大大小小的船只不断向这里驶来，甚至你还可以隐约看出古代战船那高贵的模样，这是航行的人们用自己的方式使之流传下来的。

这位菲克斯侦探在人群中行走，一边走一边打量着经过身边的每一个人，他已经养成了这样的职业习惯。

已经十点半了！

“这船还没到！”当他听到港口的那口大钟敲响时，不禁喊了一句。

“快到了，应该不远了！”领事回答。

“它会在这儿停多久？”菲克斯问。

“四个小时。因为从苏伊士到红海的另一头亚丁，有一千三百一十海里的路程，必须准备充足的燃料，所以会在此加足煤。”

“那么从这里出发后，它直接到孟买吗？”菲克斯继续问道。

“直接到，中途不再装货。”

“很好，”菲克斯点着头说，“如果他走的是这条路线的话，而且坐的是这艘船，那么，他必定会在这儿下船。只有这样，他才能改道去亚洲的荷兰殖民地，或是法国殖民地。因为他很清楚，印度这里仍属于英国的地盘，很不安全。”

“除非这个人足够厉害，神通广大！”领事补充道，“想必您也一定了解，比起在国外，英国的犯人反而是在伦敦更容易藏身。”

这句话倒是真的提醒了菲克斯侦探，他不由得仔细思索起来，努力地想着些什么。而领事也回到了不远处的办公室，只剩下侦探一个人留在原地，他又开始焦虑不安起来。他有一种奇怪的预感，他总觉得那个窃贼一定就在“蒙古号”上——的确，如果窃贼想从英国逃到美洲去，就一定会选择印度这条线路，而不是大西洋那条。因为这里的守卫更松懈，也可以说是更难防守。

菲克斯刚沉思了一小会儿，几声巨大的汽笛声便告诉他，轮船到了。这时所有的搬运工和农民全部闹哄哄地向码头奔去，他们时不时地会撞到乘客，甚至把乘客的衣服都给挤皱了。十几条小船也陆续解开了缆绳，离开河岸，向“蒙古号”驶去。

不一会儿，人们就看到“蒙古号”巨大的身影出现在运河上。邮轮在码头抛下锚准备停靠，烟囱轰鸣着喷出一团团“巨雾”，就在此时，十一点的钟声刚好敲响。

船上的乘客特别多，一些人站在了甲板上，凝神欣赏这座美丽的城市，大部分人乘坐刚刚那些靠到“蒙古号”跟前的小船准备上岸。

菲克斯目不转睛地盯着每一位上岸的乘客，直到确定不是他想要找的那个窃贼后，才移开目光。

就在这时，有一个人推开了那些缠着乘客的搬运工，径直朝菲克斯走了过来，非常有礼貌地问他，去英国领事馆的路要怎么走。这个人一边说一边还从口袋里拿出一本护照，可能是想在上面加盖一个英国领事馆的签证章吧！

菲克斯下意识地接过护照，快速地扫了一眼，巧的是，他刚好看到了关于这个人外貌特征的描述。

他的身体不由自主地颤了一下，护照似乎在他的手里发抖。这本护照上面描述的体貌特征，和他收到的来自警署署长的急件上描述的疑犯的特征出奇得一致！

“这本护照似乎不是您本人的吧？”菲克斯问那个乘客，从嘴角强挤出一丝微笑，不难听出，他虽然极力掩饰，但声音还是有些颤抖。

“不是，”乘客回答道，“这本护照是我主人的。”

“那请问，您的主人在哪儿？”

“他还在船上呢！”

“哦，可是，”侦探一反常态地热情，“要想加盖签证章的话，需要本人亲自去一趟才行，因为只有这样才能验明身份啊！”

“什么？怎么会这样？有这个必要吗？”

“必须这样！”

“哦，那好吧！那领事馆怎么走啊？”

“就在那儿，广场边上。”侦探用手指着大约两百米远的一栋房子说。

“好吧！我现在就去找我的主人，他一定会不高兴，因为他最怕麻烦了。”

说完，这位乘客向菲克斯行了一个礼，表示了谢意后，又回到了船上。

侦探看到那名乘客回到船上，便立刻离开了码头，快步向领事馆走去。他说有急事求见，所以领事立刻接见了他。

“领事先生，”他开门见山地说，“我敢肯定，也十分地确定，我们要找的人就在‘蒙古号’上。”于是，菲克斯便把刚才和那个仆人之间有关护照的事讲给领事先生听。

“好的，菲克斯先生，”领事回答说，“我会接见他的，我不会将我对他的厌恶表现出来的。但是，假如事情如您所想，他可能不会来我的办公室吧！但凡是个贼，应该都不会希望自己留有任何踪迹吧！况且查验护照也不是必须有的程序啊！”

“领事先生，”侦探回答道，“如果他是我们想象中那样厉害的角色，他就一定会回来！”

“办签证？”

“是的。”护照从来都是只会给正人君子带来麻烦，给坏人逃跑带来好处。“我还敢肯定这本护照一定没问题，但是我希望您不要签……”

“为什么不要签？”领事反问道，“如果这本护照符合规定，我就没有权力拒签！”

“可是，领事先生，在我还没有收到伦敦方面的逮捕令之前，我必须让这个人暂时留在这儿。”

“噢，这个嘛，菲克斯先生，这恐怕就是您的事啦！”领事先生接着说，“但是，我不能……”

领事的话还没有说完，“咚、咚、咚……”只听有人在敲他办公室的门。工作人员领进来两个陌生人，其中一个正是那个在码头向侦探问路的仆人。

的确就是那主仆二人。主人递上了他的护照，并且简单明了地请求领事在上面盖一个签证的章。

领事接过护照，仔细地审查了一遍，而菲克斯侦探则躲在办公室的一个角落里，仔细地观察着眼前的这位陌生人，他恨不得把这个人整个吞下去。

看完护照后，领事问道：“您是菲利亚斯·福格先生？”

“是的。”这位绅士回答道。

“那这位是您的仆人？”

“是的，他叫路路通，是一个法国人。”

“您是从伦敦来的？”

“是的。”

“那您，这是要去往哪里？”

“去孟买。”

“好吧！但是，先生您要知道，现在这个签证手续已经没什么用了，我们已经不再要求过境的人出示护照了。”

“我知道。”菲利亚斯·福格回答道，“先生，实际上我只是希望您的这个签证，可以作为我来过苏伊士的证明。”

“好的。”

说完，领事便在护照上签上名字，写下日期，并且盖了章。福格先生拿回签证，非常冷漠地行了个礼，便出去了，他的仆人紧随其后。

“怎么样？”菲克斯侦探问。

“不怎么样！”领事回答道，“他看上去就是一个不折不扣的正派人士。”

“或许吧！”菲克斯答道，“但是问题不在这儿。领事先生，您不觉得这位冷酷绅士的每一个外貌特征，和我收到的犯罪嫌疑人的外貌特征非常一致吗？”

“我承认，的确很相似。不过您必须了解，一切特征……”

“我心里有数，”菲克斯固执地说，“那个仆人看起来，并不像他的主人那样毫无破绽。此外，他还是个法国人，他们总是管不住自己的嘴。那回头见啦！领事先生！”

说完，这位侦探便兴冲冲地跑去找路路通了。

福格先生走出领事馆后，直接回到了码头。之后，他把将要办的事情、需要准备的东西，向仆人交代了几句，便直接坐上小船回“蒙古号”了。回到自己的船舱后，他拿出了记事本，在上面记录道：

离开伦敦，　10月2日星期三，晚上八点四十五分。
到达巴黎，　10月3日星期四，　早上七点二十分。
离开巴黎，　星期四，　上午八点四十分。
经塞尼山到达都灵，
10月4日星期五，早上六点三十五分。
离开都灵，　星期五，　早上七点二十分。
到达布林迪西，10月5日星期六，　下午四点。
登上“蒙古号”，　星期六，　下午五点。
到达苏伊士，　10月9日星期三，　上午十一点。
总耗时：一百五十八小时三十分，　合六天半。
（注：计算似有误，原文如此）

福格先生把这些日期记在一本分栏的记事本上，并且在上面标明了从10月2日到12月21日之间所有的日期，包括年、月、日、星期，还注明了每个日期对应的主要地方，比如巴黎、布林迪西、孟买等计划到达的时间和实际到达的时间。这样他就能很快算出，在每个地方节约的时间和延误的时间。

福格先生在这个分栏的记事本里，详细地记录下所有的资料，便于让自己全盘考虑，这样他就能随时知道自己是提前了还是延误了。这一天也被他记录下来了：10月9日，星期三，到达苏伊士，和预计的时间一样，既没有节约时间，也没有延误。随后他在自己的房间里享受了午餐。至于参观城市，他压根连想都没想，英国人总是喜欢让他们的仆人去参观他们途经的地方。

片刻之后，菲克斯又在码头碰到了路路通。他正在四处闲逛，因为他觉得既然来了，如果什么都没看就走，那多可惜啊！

“您好，朋友，”菲克斯边打招呼边向他走去，“您那护照签了吗？”

“啊！先生是您啊！”路路通高兴地回答，“谢谢您还惦记着，签了，很顺利。”

“您是在看风景吗？”

“是啊，不过我们的行程太紧密了，我觉得就像在梦中一样。现在就已经在苏伊士了。”

“哈哈，是在苏伊士了。”

“埃及的苏伊士。”

“是的，埃及，非常正确。”

“非洲？”

“对，非洲。”

“到非洲了！”路路通重复着，“真的不敢相信。先生，您知道吗？我之前一直认为我们到了巴黎就不会再继续走了，可是对于这么著名的城市，我也就只是在早上七点二十分到八点四十分时，透过从火车北站到里昂车站的马车玻璃，如同看快进的电影一样，走马观花地看了一遍。而且不巧的是，天空中还下着倾盆大雨，外面一片模糊！真的好遗憾啊！我本来还打算再去看看拉雪兹公墓，还有香榭丽舍大街的马戏团呢！”

“那你一定是很着急地想去某个地方吧？”侦探试探道。

“我？不是，是我的主人比较着急。啊！对了，我得去买鞋、袜子和衬衫！因为我们走的时候连行李都没有带，只带了一个旅行包。”

“噢，那让我带您去市场吧！那里什么都可以买得到！”

“先生，您真是太好了！那就谢谢您了！”路路通感激地说。

于是，两个人一起向市场走去，这一路上，路路通的嘴一刻也没有合上过，一直不停地说着话。

“最重要的是，我一定要多留心，千万不能耽误了这班船！”

“不急，现在才中午十二点！”菲克斯应答着。

路路通从口袋里急忙掏出他那块巨型的表，惊讶地说：“十二点？怎么可能！现在明明是九点五十二分！”

“先生，是您的表慢了。”菲克斯下意识地回应道。

“我的表？不可能！这可是我家祖传的表，是我曾祖父留下来的！它每年的误差绝对不超过五分钟！是一块很棒的表！”

“啊，我知道了，是这么回事，”菲克斯说，“您的这块表上应该还是伦敦的时间，比苏伊士的时间要晚将近两个小时。您应该每到一个国家，都把表调一下。”

“什么？调我的表？”路路通大叫道，“决不！”

“哦，好吧！不过如果不这样的话，它和太阳升降的时间就不一样了啊！”

“算了吧！不一样就不一样呗！太阳也有可能会出错啊！”

这个正直的法国小伙子说完，便把表小心翼翼地重新放回口袋里。

不一会儿，菲克斯又问：“刚才听你说，你们离开伦敦时好像很仓促啊？”

“嗯，是的，就在上周三，晚上八点，福格先生，也就是我的主人，很反常地提前从俱乐部回来了，半小时之后，我们就出发了。”

“噢，真的很仓促啊！那他要去哪里啊？”

“他就这样一直往前走，说是要环游地球。”

“环游地球！”菲克斯惊呼道。

“没错，环游地球！而且是仅用八十天的时间，因为这是一个赌局。”路路通停了停，压低了声音继续说道，“不过，跟您说实话吧！这事我一点都不信，因为这个太不合常理了，这里面肯定有问题，一定有什么其他的原因。”

“啊！这位福格先生真的是很奇怪啊！”

“至少我是这么认为的！”

“那他一定很有钱吧？”

“没错，他随身带了一大笔钱，都是崭新的钞票！而且这一路上，他花钱从不节约，也不心疼。您看，他对“蒙古号”的驾驶员还承诺，只要船提前很多时间到达孟买的话，他就给他一大笔钱。”

“那您认识您的主人很长时间了吧？”

“我？”路路通回答，“没有，我是在我们出发的当天才被雇用的。”

完全可以想象，这些对话对本来就已经十分激动的菲克斯侦探来说，会产生什么样的效果！

匆忙地出发，随身携带着巨额现金，而且是在银行盗窃案发生后不久，急于到遥远的地方去，另外还有一个令人难以置信的打赌借口，这一切的一切，无疑会让菲克斯更加坚信自己的假设。他想方设法让这个法国人往下说，不过这个小伙子看来是真的不知道他主人的其他什么事了。只是说他的主人很难以捉摸，一个人孤身住在伦敦，大家都知道他很富有，但没有人知道他的钱是从哪里来的。不过通过谈话，菲克斯确定，菲利亚斯·福格是不会在苏伊士上岸的，他要去的是孟买。

“孟买远吗？”路路通问。

“很远，”侦探回答道，“你们还要再坐十多天的船呢！”

“哦！那孟买在什么地方啊？”

“在印度。”

“亚洲？”

“当然。”

“天哪！还有一件事，我特想告诉你，这件事非常地让我担心，那就是我的开关。”

“什么开关？”

“我房间里煤气的开关，”路路通露出一副很难过的表情，“因为烧掉的煤气费都要算到我的账上，我算了一下，二十四小时的费用要两先令，比我的工资还要多六便士，您了解吗？旅行的时间越长……”

菲克斯想了解煤气的事情吗？不想。他没有继续听下去，而是做了决定。当他俩来到市场后，菲克斯让路路通自己留在那里买东西，并且提醒他不要误了开船的时间，自己就急匆匆地向领事馆跑去。

菲克斯的猜想得到了证实，他又重新恢复了冷静，用最简单明了的话对领事说：“先生，我现在敢断定，我已经找到了我要找的人，他为自己编了一个荒唐的借口，说是要在八十天的时间内环游地球！”

“这样说来他还真是个狡猾的家伙，”领事回答道，“他是想要甩掉两个州的警察后，再回到伦敦！”

“我们走着瞧吧！”菲克斯回答。

“不过，您真的没有弄错吗？”领事又问。

“我是不会弄错的。”

“那么这个贼为什么如此坚持地要拿到签证，证明他经过苏伊士呢？”

“为什么？这个……我也不知道。”侦探回答道，“不过领事先生，您听我说。”

随后，他用极为简单的几句话，概括了他和福格先生的仆人之间的对话。

“确实，所有的推断都对那位先生很不利，”领事说，“那您打算怎么办呢?”

“先给伦敦发一封电报，让他们立刻给我把逮捕令寄到孟买，我等一下也会登上‘蒙古号’，一直跟踪这个贼直到印度。那儿还是我们英国的地盘，然后我就会非常有礼貌地走到他的面前，一手拿着逮捕令，一手抓住他的肩膀。”

菲克斯侦探冷冷地说完这席话后，便辞别领事，向电报厅走去，给首都警署署长发了刚提到的电报。

十五分钟后，菲克斯拿着简单的行李，带着足够的钱，登上了“蒙古号”。不久，这艘轮船便发出了巨大的响声，喷出团团的烟雾，全速前进，驶进了红海。

苏伊士和亚丁之间的距离刚好是一千三百一十海里，近来半岛公司设定的航行时间是一百三十八小时。“蒙古号”燃料充足，如果开足马力，可能会比规定的时间提前到达。船上的大部分乘客是去孟买的，虽然也有去加尔各答的，不过那也必须先经过孟买。在“蒙古号”上的人大都身份显贵，所以旅行很舒服：上好的餐点，舒适的布局，还有很多娱乐节目。但是红海的天气变化莫测，时常出现恶劣天气，不过这对于动力强劲的“蒙古号”来说根本不算什么，它仍守时地向曼德海峡进发。

此时，菲利亚斯·福格先生在干什么呢？或许，你觉得他会坐立不安，忧心忡忡，时而担心海风会影响他们的行程，时而害怕激起的大浪使发动机出现故障，使“蒙古号”不得不靠岸停止航行，然后他的旅行计划就会被迫失败。

但事实并非如此，就算他想到了这些可能，他也不会表露出半点的不安。因为他永远都是一副无动于衷的样子，任何突发状况都不会使他惊慌失措，他甚至像船上的计时器一样漠然、冷静。

他很少到甲板上去，对于红海的景色，他没有任何兴趣。那么，他在做什么呢？

首先，便是雷打不动的一日四餐，即便船再颠簸、摇晃，也丝毫不会影响到这台精良完美“机器”的工作。不久他便又开始打起惠斯特牌来。因为，他遇到了和他一样精通于玩惠斯特牌的牌友。一玩便是几个小时，打牌时，照样一句话也不说。

而路路通呢？他住在靠前的一间船舱里，一路上一点也不晕船。每天同样按时进餐。而且由于旅途的条件十分舒适，他已经不讨厌旅行了。他打定了主意，一定要吃好喝好睡好观赏好，因为他坚信，这次奇特而舒适的旅行一到孟买就会结束。

10月10日，离开苏伊士的第二天，路路通在甲板上又碰到了那个曾为他指路、带他去市场码头的熟人，不禁喜出望外。

“哦！天哪！我没有认错人吧！”他满脸微笑地朝那个人走去，“先生，您就是那位在苏伊士两次帮过我的热心向导吧？”

“是的，”侦探回答，“哦，我想起您了，您是那位怪异英国人的仆人……”

“对对对，真巧啊！”路路通恨不得兴奋地跳起来，“请问您怎么称呼啊？”

“菲克斯！”

“菲克斯先生，真的很高兴，可以在船上再次碰到您！”路路通急忙说，“您去哪里啊？”

“和你们一样，去孟买。”

“噢，那太好了！这样我的旅途就有意思了，您以前去过吗？”

“去过好几次了，”菲克斯回答，“我是半岛公司的代理。”

“那么，您一定非常了解孟买喽！”

“噢……是的……”菲克斯回答着，但是他不想再说下去了。

“那印度是不是很有意思啊？”

“非常有意思！有清真寺、尖塔、僧侣、老虎、蛇、舞女！真希望你们可以有时间，在这个国家好好逛逛。”

“希望如此，我想您也知道，一个神志清醒的人是不会把他的生命浪费在从轮船到火车，再从火车到轮船上，还借口说要在八十天的时间里环游地球的！不会的，不可以！这个跳上跳下、体操式的旅行，到孟买就会结束，一定的。”

“哦，那福格先生还好吗？”菲克斯努力使自己用最自然的语气问。

“很好，其实我也很好，每天吃饭，我都跟饿鬼似的，好像从未吃过饭，狼吞虎咽的，或许是因为在海上的缘故吧！”

“哦，那您的主人呢？我还从未在甲板上看到过他。”

“那是因为他从不到甲板上来，他也一点都不好奇。”

“哦，那您知道这个所谓的八十天旅行计划，是不是还隐藏着什么其他的秘密啊？比如外交使命什么的？”

“菲克斯先生，说实话，我还真的什么也不知道，我保证。但是，老实说，我一点儿也不想知道，所以从来也不想费什么心思去弄清楚。”

自从这次碰面之后，路路通和菲克斯便常常在一起聊天。菲克斯侦探费尽心机去拉拢福格的仆人，经常会请他到“蒙古号”的酒吧去喝点酒，因为他觉得，不知道什么时候这个傻乎乎的路路通就会派上用场。而这位正直的小伙子，也是来者不拒，不过他倒也不想欠人情，也会回请菲克斯，因为他觉得菲克斯是一个正直的绅士。

船依旧在全速前进，13日，到了穆哈；当天晚上，穿越了曼德海峡；14日，在亚丁港西北的休息处停靠，依旧是为了加燃料。

由于远离矿区，轮船的燃料供应便成了一个很严重的问题。半岛公司在该项目上的支出，仅半年就高达八十万英镑。“蒙古号”还要再航行一千六百五十海里才能到孟买，所以必须要在此停留四个小时，来储备足够多的燃料。

但是，这丝毫不会影响菲利亚斯·福格先生的计划，他已经预计到这一点了，并且“蒙古号”本来应该在15日早上到达亚丁的，而现在是14日傍晚，也就是说，还提前了十五小时。

福格先生和他的仆人上了岸，准备去办签证，而菲克斯就悄悄地尾随其后。办完签证后，福格先生回到船上，去继续他的牌局，而路路通又开始闲逛，不同的是，这次是在拥有两万五千居民的亚丁城里。这里有索乌里人、巴尼昂人、犹太人、阿拉伯人以及欧洲人。他欣赏着这座城市的防御工事：正是这些精良坚固的防御工事，才使得亚丁成了印度洋中的直布罗陀；还有那些神奇的蓄水池，从所罗门王的工程师修建完后，到今天已经有两千多年了。

“太神奇了！真的是太妙了！”回到船上的路路通仍然赞不绝口，“我突然发现，要是想看新鲜事，旅行确实是个好办法。”

晚上六点，“蒙古号”螺旋桨的叶片旋转着拍打亚丁港的海水，不一会儿便驶入了印度洋。从亚丁到孟买，规定的航行时间是一百六十八小时，但是此时的印度洋正刮着西北风，无疑给巨轮又多了一重动力，更利于航行！这段旅行顺利完成后，路路通很高兴自己遇到了一位不错的伙伴。

10月20日，星期天。中午，人们终于可以远远地望到印度海岸了。远处的巨陵和天空的颜色浑然一体，不一会儿，一排排遍布整座城市的棕榈树，跃入人们的眼帘。就这样，轮船驶入由萨尔塞特岛、克拉巴岛、大象岛以及屠夫岛组成的港口，四点半时，在孟买的码头靠岸了。菲利亚斯·福格在打完三十三局惠斯特牌后，和他的伙伴大胆地吃尽十三组牌，以漂亮的大满贯获得胜利，这次完美的旅程也暂时结束了。

“蒙古号”应该是在22日到孟买，但现在是20日，也就是说，从伦敦出发后，到现在福格先生已经为自己争取了两天的时间，他认认真真地把这两天记录到日程表里的盈余栏里。

第三章　鞋虽丢了人总算没事

就在旅行还算顺利地进行时，出现一两个小插曲，会给人带来欢笑，也会给人带来麻烦，抑或是灾难。但也正是这小小的插曲让我们的旅途变得不再单调，变得有意思起来。而且往往在事情发生之后，会让我们悟到些什么。那么这次又有什么不一样的事情发生了呢？是谁把自己的鞋给丢了呢？好好的鞋穿在脚上，又怎么会丢？不过还好人没事！那么就让我们继续往下看吧！

恐怕没有人不知道——印度是一个北宽南窄呈巨大倒三角形的国家。虽然它的面积只有一百四十万平方英里，但是，上面却生活着一亿八千万人。而实际上，英国政府只统治着这个广袤国家的一部分，在加尔各答设有一个总督，新德里、孟买、孟加拉设有督察，阿格拉设有副督察。真正的英属印度只有七十万平方英里，人口为一亿到一亿七千万。不在英国管辖范围内的领土还有一大部分，事实上，那些当地的贵族在他们的领地上，仍然有着绝对的统治权。

但是，现在印度半岛的社会状况、各种习俗以及种族之间的划分，已经发生了日新月异的变化。过去来这里旅行只能使用最古老的交通工具，像骑马、坐马车、双轮车、轿子、人力背或是步行。现在，搭乘蒸汽船很快就能穿越印度河和恒河，另外还有一条横贯印度的铁路，并且有许多支线，虽然这条铁路并不是以直线穿越印度的，而是中途绕过半岛北部的安拉阿巴德，比直线延长了三分之一的路程，但是仍然要比之前节约很多时间。现在，从孟买到加尔各答坐火车只需要三天的时间。

“大印度半岛铁路”是从孟买出发的，火车穿过萨尔赛特岛，从塔纳对面的高地驶过，翻过西高止山脉，延伸到东北部的布尔汗布达山，再从基本独立的柏德尔来到安拉阿巴德，接着穿过恒河和贝拿勒斯，向东南方下行，经过布德万和属于法国的尚德那戈尔，最后到达终点站加尔各答。

福格先生和路路通下船的时间是下午四点半，而去加尔各答的火车会在八点准时出发。

福格先生和旅伴们道了别，然后把要购买的东西详细地告诉路路通，并且嘱咐道：

“八点前，一定要赶回火车站来，和我会合。”

随后福格先生便迈着精准的步子，向签证办事处走去。他每走一步，就像天文台时钟的钟摆一样，每一次的“晃动”都是分毫不差。

至于孟买那迷人的风光，他从来就不打算去欣赏。无论是庄严的市政厅，还是宏伟的图书馆、防御工事、船坞、棉织品市场、传统集市、清真寺、犹太教堂、亚美尼亚教堂，抑或是在多角双塔的装饰下，美丽的玛勒巴山寺，他一点兴趣也没有。他既不会去欣赏著名的大象山，也不会去参观海湾东南部神秘的地下墓穴，更不会去萨尔赛特岛上的冈埃里石窟转一转，即使那是一个让人叹为观止的建筑奇迹！

不去！他哪里都不想去！从签证处出来以后，菲利亚斯·福格先生就回到了火车站，并在那里吃了晚饭。点过餐后，餐厅老板还向他推荐了一款新品——用白葡萄酒烩制的“本地兔肉”，老板夸口说这道菜味道很好。

菲利亚斯·福格先生欣然接受了建议，仔细地品尝起来。事实却是，除了加了很多香料的汤汁还可以入口，兔肉的味道直叫人反胃。

于是，菲利亚斯·福格先生叫来了餐厅的老板。

“先生，这是兔肉吗？”菲利亚斯·福格先生盯着老板问道。

“是啊！”这个人无理地回答道，“这些兔子比较不一样，它们是热带丛林里的！”

“那你们杀这只兔子的时候，它有没有喵喵叫？”

“喵喵叫？啊，先生，我保证，这绝对是兔子。我向您发誓……”

“老板，您不用发誓，”福格先生冷冷地打断了他的话，“您还记得吗？从前在印度，猫被看成是一种很神圣的动物。那段时期是多么美好啊！”

“对猫来说吗？”

“对游客来说大概也是如此吧！”

说完，福格先生继续安静地享用他的晚餐。

福格先生下船后不久，菲克斯侦探也下来了。他径直来到孟买警局，在表明了身份后，他说明了他的来意以及当前这名盗窃犯的情况。但是，孟买警局收到从伦敦寄来的逮捕令了吗？没有！实际上，即便逮捕令在福格先生出发时就发出，也不可能在这么短的时间内寄到孟买。

菲克斯显得十分狼狈。他想让孟买的警察局局长下达一个逮捕令，却遭到了拒绝。因为这件案子是首都警署管辖范围内的，只有他们才有权开具逮捕令。英国人就是这样，他们的传统就是严格执法，墨守成规，尤其是涉及人身自由的时候，决不允许有任何专断行为。

菲克斯也没有继续坚持，他明白，自己现在只能耐心等待了。同时他决定，在这个尚未露出一丝破绽的犯罪嫌疑人逗留孟买的时候，要时刻对他进行严密的监视。他相信，菲利亚斯·福格先生会在孟买待上一段时间（其实这只是路路通的想法），这样他也就有时间等候逮捕令了。

下了“蒙古号”，听完主人的吩咐后，路路通就明白了，孟买会和苏伊士、巴黎一样，旅行不会到这里就结束的，至少他们还要去加尔各答，甚至更远的地方。现在的路路通不禁开始琢磨：福格先生打的这个赌，是不是认真的呢？还有命运女神，你是不是在和我开玩笑啊？我刚刚决定要过安静的生活，可是现在却不得不去环游地球，而且还是八十天！

“唉……”路路通忍不住叹气。

买完了衬衫和袜子后，他开始在孟买的大街上闲逛。街上的人摩肩接踵，许多人来自不同的国家。其中有几个带着尖尖帽子的波斯人，尤为引人注目。还有戴着方帽子的信德人、穿着长袍的亚美尼亚人以及带着黑色头巾的帕西人。凑巧的是，今天是帕西人的一个非常重要的节日。这一天，他们庆祝的是一个宗教节日，由宗教游行和歌舞活动两部分组成，舞女们身穿粉色的轻纱，轻纱上用金丝和银线镶着不同的图案。在大提琴和达姆鼓的伴奏下，她们翩翩起舞，舞姿端庄典雅，透露出万种风情。

路路通好奇地看着，把眼睛瞪到最大，使劲竖起耳朵，希望可以看得清楚些、听得真切些。他的表情既专注又茫然，就像是一个没有见过世面的傻瓜，看上去愚蠢极了。

好奇心驱使他跟着队伍走了一段路，可他这种行为对于他和他的主人并不好，因为这完全有可能会耽误他们的行程。路路通也意识到了这一点，于是便不再跟下去。

匆匆观赏完帕西人的欢庆活动后，路路通便向火车站走去。当他走到玛勒巴山寺时，突然心血来潮，想进去看看里边到底是什么样子。

但是有两件事路路通并不知道，首先，印度的一些寺庙明令禁止基督教徒进入；其次，进寺庙时必须脱鞋。因为英国政府尊重印度本国的一切宗教习俗，哪怕是微不足道的细节。无论是什么人，只要违反了禁忌，就会受到严厉的惩罚。

路路通根本没想过这一行为会带来的严重后果，他只是希望可以参观一下这个寺庙。他刚一走进这座婆罗门教寺庙的院中，还没来得及欣赏一下那装饰得金碧辉煌的殿堂，就被打翻在地。然后三个恶狠狠的僧人向他冲了过来，一把抓住他的鞋，硬生生地给脱了下来。他们一边用一种奇怪的声音怒吼着，一边抡起拳头向路路通的脸上打。

不过还好路路通够机灵，他一跃而起，左边挥起一拳，右边飞起一脚，一下子就撂倒了两个僧人。当然，主要原因还是因为那两个僧人都穿着长袍，行动不便。紧接着，他箭一般地奔出寺院，拼命地向前跑。其中一个僧人几乎把寺庙内的僧人都叫了出来，拼命地在他身后追赶。不过没用多久，他就甩掉了后面穷追不舍的众僧。

已经七点五十五，眼看火车就要出发了。路路通终于匆匆忙忙地赶到了火车站。可此时的他，帽子跑丢了，鞋也没了，买的东西也早已不知去向。

菲克斯也在火车站，他是一路跟着福格先生来到这里的。现在，他突然明白这个家伙是会离开孟买的。他也只好决定跟着他们去加尔各答，必要的话甚至跟到更远的地方。路路通并没有注意到躲在角落里的菲克斯，但是菲克斯听到了路路通和他主人的谈话，他正用最简单的语言向他的主人解释刚刚的悲惨遭遇。

“希望你以后不会发生同样的事情。”福格先生简洁地说，说完便转身登上了火车，找他自己的位子去了。

可怜的路路通低着头，光着两只脚，一言不发地跟在福格先生的身后，狼狈极了。

菲克斯侦探刚要登上另一节车厢，突然脑海里闪过一个念头，抬起的脚又放下了，因为他临时改变了计划。

“不，我要留下来。”他小声嘀咕着，“这是一件发生在印度境内的违法行为……对，我可以抓他了。”

忽然，火车的汽笛响了，一阵长鸣之后，火车消失在了夜色中。

第四章　天价的坐骑

幸亏路路通比较机灵，逃过了一劫，而且没有影响到福格先生旅行的进度。但这只是刚刚开始，在这次漫长而又艰辛的旅程中，还有更多的挑战在等待着他们！接下来就是一个。天价的坐骑是什么样的？为何会说是天价呢？它很重要吗？那么它到底拥有怎样神奇的力量呢？对于我们的主人公又意味着什么呢？

火车准时出发了，满载着半岛东部的众多旅客缓缓地向前行驶。

路路通和他的主人，坐在同一个包厢里，包厢对面的角落里还坐着另外一名旅客——弗朗西斯·克罗马蒂先生。他是福格先生在从苏伊士到孟买的船上认识的一个牌友。他是一个英国旅长，要到贝拿勒斯附近的部队去。

弗朗西斯·克罗马蒂先生高高的个子，长着一头浓密的金发，大概五十岁。他在最近发生的那起镇压印度军的叛乱中表现得格外突出。他对印度的熟悉程度甚至超过了当地人，因为在还年轻的时候他就已经驻军印度了，之后便很少回英国。他知识渊博，了解的东西很多。如果福格先生向他询问有关印度的任何问题：习俗、历史或是政府组织等，他都会非常高兴地为他解答。可惜啊！我们这位绅士连一个问题都没有问，他这根本不是在旅行，只是在地球的表面画一个圆周。他也从来没有旅行过，只是习惯性地把自己和别人隔开，对于这样一个严肃的人来讲，他就像是围绕地球运转的某个星球，依据机械力学的原理只在自己的轨道上运转。此时的他，在心中重新核算从伦敦出发后所用的时间，一边算还一边搓着双手，这是他下意识的一个动作。

虽然弗朗西斯·克罗马蒂先生和福格先生没有太多的接触，只是在打牌的时候以及每一局的间隙观察过他，但是他已注意到福格先生与其他人的不同，他忍不住地在想，在菲利亚斯·福格先生冷酷的外表下，是否还跳动着一颗正常人的心？他的内心对大自然的美好景色和无限生机也同样敏感吗？也有着一样永恒的精神追求吗？这些对于弗朗西斯·克罗马蒂先生来说，一直就是个谜，一个很难求证的问题。

在这位旅长的一生中，他见过各种各样的人，但是还真没有一位先生像这位绅士一样，就如同是一个科学的计算器一样精准。

关于环球旅行的计划，菲利亚斯·福格先生并没有向弗朗西斯·克罗马蒂先生隐瞒半点，而且还向他说明了整个旅行的前因后果。而旅长认为，这个赌局无聊至极，荒诞无趣，毫无意义。他觉得打这个赌的人一定是行为不正常，至少缺乏理智的头脑。这位古怪的绅士如果继续这样走下去的话，肯定是一无所获，不管是对别人还是对自己，都没有一点好处。

火车从孟买出发已经一个小时了，驶过高架桥，穿过萨尔塞特岛，飞驰在印度半岛上。经过格利扬站，绕利伯维尔站，攀上层峦叠嶂的西高止山区，从遍布岩石的山上驶向密林丛生的最高山峰。

弗朗西斯·克罗马蒂先生和菲利亚斯·福格先生也会时不时地交谈几句，但一般都是这位旅长先打破沉默。此时旅长又想到了一件事，便对福格先生说：

“福格先生，如果是在几年前，您的旅行计划在这里一定会受挫，至少会耽搁一些时间！”

“为什么？”

“因为那时铁路只修到山脚下，所有的乘客都必须换其他交通方式，比如坐轿子，或是雇人背，才能到达背面山坡上的坎大哈火车站，然后再坐火车。”

“哦，这没关系，这点延误对我的整个旅行计划是不会有丝毫影响的，”福格先生说，“我也并不是没有考虑到可能出现的各种阻碍。”

“但是，”旅长又补充道，“福格先生，您差点因为这个小伙子的意外事件赶不上火车，他说不定还会给您带来更大的麻烦。”

此时，路路通把脚缩进了旅行毛毯里，睡得正香，他或许连做梦也想不到他们正在讨论自己。

“英国政府对于这种违法的行为，会给予非常严厉的处罚，”弗朗西斯·克罗马蒂先生努力压低了自己的声音，使自己的语气恢复正常，“他们尊重印度的宗教习俗，把它们看得高于一切，如果您的仆人，当时不幸被抓住了……”

“好吧！如果他当时真的被抓住了，然后会被判刑，被处罚，最后可能还会乖乖地被遣送回欧洲。”福格先生抢过克罗马蒂先生的话，淡淡地说道，“可是，这又怎么样呢？至少我看不出来，这对于他的主人——我的行程来讲有任何的影响。”

谈话到这里也实在是无法继续了。晚上，火车从高山山脉穿过，经过纳西克，又在第二天——10月21日，越过了相对比较平坦的肯德什地区。透过茂密的庄稼，可以看到小镇上的尖塔，还有密布于这片肥沃土地上的潺潺河流。

这时，路路通已经从睡梦中醒来了，他向窗外眺望，简直不敢相信，自己竟然沿着大印度半岛穿越了整个印度！火车吞云吐雾似的继续前进，在一片长满棉花、咖啡、丁香、豆蔻和红胡椒的田野上行驶着。开过马莱冈车站后，又来到了拥有美丽宝塔的埃罗拉奇，再往前不远处，便是曾经最暴虐的奥伦北布王的都城——奥兰加巴德。中午十二点，火车在布尔汗站停下来，路路通迅速下了车，花高价买了一双穆斯林人穿的拖鞋，虽然上面缀满假珍珠，但是他穿起来得意极了！午饭后，火车继续前行，向阿苏古尔站出发。

在到达孟买之前，路路通一直以为这次旅行会在此结束，可就在火车全速前进穿越印度的那刻，他开始一点一滴地思考起来，严肃地考虑起主人的计划。最后，他终于相信：这次打赌是真的。然后，他开始为一路上可能发生的各种延误而担心，仿佛这个赌是他和主人一起打的。所以一想到自己昨天闯的祸，他就心惊肉跳，懊悔不已。和福格先生相比，他远不及主人那么沉着冷静，自然也会担忧得更多些，他把花掉的时间算了又算，咒骂火车总是停，要不就是责备司机开得太慢，甚至还暗自埋怨他的主人没有像对船长一样，答应给火车司机一笔提前到达目的地的奖金，否则他们就能再快点了，但是我们这位正直的小伙子不知道，轮船可以超过规定的航速行驶，而火车却不行，只能按规定的速度行驶。

傍晚时分，火车驶进了苏特普山区，这里是康德什和伯德地区的分界线。

第二天，10月22日，弗朗西斯·克罗马蒂先生问路路通："请问现在是什么时间？"路路通看了看他那块硕大的表，说："刚凌晨三点半。"其实，这只表一直用的是西经七十七度的英国格林尼治时间，所以要比实际时间晚四个小时。

弗朗西斯·克罗马蒂先生也和菲克斯侦探一样，对路路通的表提出了疑问，并建议他更正时间。他向路路通做了一个最细致的说明，尽量使他明白他们是一直朝东走的，也就是朝着太阳走，所以每经过一个经度，白天便会缩短四分钟，即当他们每到一个新的时区时，就必须要调整一次时间。不过他的努力，对于路路通似乎没有半点作用。无论如何，固执的路路通就是不肯把手表往回调，一直要保持着伦敦时间。当然，他这样固执的行为其实也没有妨碍到任何人。

上午八点，火车在一片空地上停了下来，四周只有一些平房和工棚。

司机师傅走到每一节车厢喊："乘客们，请在这里下车。"

菲利亚斯·福格惊讶地看着弗朗西斯·克罗马蒂先生，可是对于火车突然停在这片乌梅林中的原因，连克罗马蒂先生都很不解。

路路通也十分惊讶，他马上跳下了火车，不一会儿就跑了回来，大叫道："先生，不好了，前面没有铁路了。"

"你说什么？什么意思？"弗朗西斯·克罗马蒂先生急忙问。

"也就是说火车不能继续前进了，不能开了。"

旅长立刻下了车，菲利亚斯·福格先生也不紧不慢地在他后面下了车，两人走上前去，想问问司机停车的原因。

"我们现在在哪里？"弗朗西斯·克罗马蒂先生问。

“克尔比。”司机回答道。

“我们就停在这儿了？”

“是的，因为前面的铁路还没有修好呢。”

“什么？还没修好？！”

“是的，还没修好，从这里到安拉阿巴德，中间有五十英里的铁路还没有修好，您必须换乘其他的交通工具去安拉阿巴德才能继续前进。”

“可是报纸上报道，铁路已经全线通车了！”

“你们到底想怎么样啊，长官？报纸一定是弄错了！”

“但是你们卖的票是从孟买到加尔各答的啊！”弗朗西斯先生嚷道，此时的他已经有点火了。

“是啊，没错！”司机回答道，“但是乘客们都很清楚，他们要在克尔比下车，然后自己解决从克尔比到安拉阿巴德的交通后，才能继续前进。”

此时的克罗马蒂先生已经被气得火冒三丈，路路通也想把司机痛打一顿，尽管这样做对他们没有一点帮助！他现在不敢再看主人的脸了，还不知道他被气成什么样子呢！

“克罗马蒂先生，”福格先生简短地说，“如果您愿意的话，我们可以一起想办法到安拉阿巴德去。”

“可是，福格先生，这样会耽误您很多时间的，会影响到您的行程，那样您的打赌就会危险了。”

“不，克罗马蒂先生，没关系的，这是预料之中的事。”

“什么？您早就知道铁路……”

“不，我对此一无所知，但是我知道，这一路上，迟早会遇上一些困难的，不过不会有什么影响的，我现在已经提前了两天。25日中午，从加尔各答开往香港的船才会出发，而今天才22日，我们还有充足的时间，一定会准时到达加尔各答的。”

这么有把握的回答根本不容置疑。

铁路确实只修到了这里，至于报纸上的报道，就像那些喜欢走快一点的手表一样，它们总是会提前告诉人们一些消息，铁路全线通车这件事就是如此。而大部分的乘客也都了解这个情况，所以一下车，这里所有的交通工具就被抢乘一空了，例如四轮马车、牛车、旅行车等，甚至连轿子都没剩下。福格先生和克罗马蒂先生把小镇翻了一个遍，还是空手而归。

“我们还可以步行到那里。”福格先生说。

这时路路通回来了，听到这话后，他看了看自己那双漂亮却不经穿的拖鞋，露出一种怪异的表情。幸运的是，他有个重大发现，但是对于要不要讲出来，却有些犹豫。

“先生，”他终于还是忍不住开口了，“我找到了一种交通工具。”

“是什么？”

“一头大象！就在离这儿不远处，一百英尺左右，住着一个印度人，他有一头大象。”

“好，我们就去看看这头大象吧。”

五分钟后，菲利亚斯·福格先生和路路通便走到了印度人住的茅草屋前。那头大象就被圈在屋旁一个高高的篱笆圈里。在福格先生三人的强烈要求下，印度人把他们带到了象圈旁。

这是一头正处在驯服阶段的大象，它叫奇乌尼，和所有的大象一样，它能长途跋涉而且健步如飞。因为实在找不到其他的坐骑，福格先生只好雇用这头大象了。

但是，在印度，大象的数量越来越少，因此大象变得非常珍贵，尤其是奇乌尼这种可以表演的公象更是稀少。大象被家养后，繁殖能力就会变弱，因此奇乌尼的主人对他更是照顾得无微不至。所以当福格问起，是否愿意出租这头大象时，印度人斩钉截铁地回绝了，连一点商量的余地都没有。但是，福格先生坚持要租，并且开出了每小时十英镑的天价。可这还是遭到了印度人的回绝。那二十磅

呢？不行！四十磅？还不行！每次加价时，路路通便会心惊肉跳，可是福格先生却面不改色，而那个印度人始终无动于衷。如果从这里到安拉阿巴德按十五个小时来计算的话，大象的主人就可以得到六百英镑，这么高的租金真的很惊人啊！

片刻的安静之后，福格先生提出要用一千英镑来买这头大象。可是，印度人居然还不肯卖！大概这个家伙也闻到了钞票的味道，觉得这会是一笔可以大赚一把的买卖吧！

这时，旁边的弗朗西斯·克罗马蒂先生看不过去了，他把福格先生拉到一边，劝他在出价之前好好考虑一下再做决定！菲利亚斯·福格先生告诉他的同伴，他做事从来都是经过深思熟虑的，这样做只不过是为了赢得那两万英镑的赌注。而面前的这头大象，是他可以赢的必要条件，所以哪怕要付出高于它实际价格二十倍的价钱，他也一定要买这头大象。

福格先生又回到印度人面前，他看到印度人小小的眼睛里闪露出贪婪的目光，看得出对他来说，卖不卖这头大象只是价格的问题，因为他察觉到钱对福格先生来说不是问题。福格再一次把价钱从一千英镑加到了两千英镑。路路通的脸也从红扑扑变得煞白了。而这两千英镑也使得这个印度人终于答应了卖掉大象。

“都怪我的拖鞋，”他嚷道，“太不争气了！才让这头大象卖得这么贵！”

象是买到了，可是还差一位向导。这事可就比较难了！不过幸好有一个帕西人毛遂自荐，他看上去很机灵。于是福格先生便雇用了他，并且答应会给他一份高额的报酬。一听这话，那个帕西人恨不得自己再变聪明些，以便更好地为这位绅士服务。

大象刚被牵出来，这个帕西人就赶紧准备好坐垫，放到了象背上，还在两侧各装了一个比较舒适的座椅，看来他对向导这件事，真的是比较在行！

福格先生从旅行包里拿出了大把的钞票，付给了那个印度人。路路通看见这一幕，就觉得心像刀割一样疼，仿佛这钱是从他自己的包中掏出去似的。随后，福格先生邀请弗朗西斯·克罗马蒂先生和他们一起去安拉阿巴德站，旅长也非常高兴地接受了邀请，不过是多一个人，对这个庞然大物来说根本就不在话下。

于是，他们在克尔比车站附近买了些食物，弗朗西斯·克罗马蒂先生坐在大象一侧的座椅上，菲利亚斯·福格先生坐在另一侧的椅子上，路路通则坐在主人和旅长之间的象背上，象背上还放了一个坐垫，那个帕西人呢？骑

在了大象的脖子上。九点钟时，大象由通向车站最近的一条路，离开了小镇，进入一片茂密的橡树林。

为了缩短行程，尽快赶到目的地，向导没有走那条正在修建的大路，而是选择了另外一条山势起伏、蜿蜒曲折的近路，但这并不是福格先生所期望的最近的路。然而那个看似对这一带大路小路都十分熟悉的帕西人却说，这条路要比其他的路少走二十多英里呢！大家也只好听从他的安排。

菲利亚斯·福格先生和弗朗西斯·克罗马蒂先生坐在象背两侧的椅子里，只能露出脑袋，再加上向导驱赶着大象，迈开大步，一路飞奔，这两人被迫做着各种仰卧运动，着实被颠得够呛！但是他们以英国人特有的冷静忍受着这一切，彼此之间也很少交流，因为他们根本看不到对方，幸运的是大家都还在象背上，至少没有人被颠下去。

最会苦中作乐的就是路路通了，他坐在大象的背上，那可是最颠簸的地方，不过他听从了主人的建议，咬紧牙关，双唇紧闭，一言不发。因为只要一松口，就有牙齿咬掉舌头的可能。这个可爱的小伙子，一会儿被甩向了大象的脖子，一会又被颠到了大象的屁股上，不过他好像总是玩得不亦乐乎！就像蹦床上的小丑在表演杂技，每次被颠到半空中都哈哈大笑，还时不时地从口袋里摸出一块糖逗那大象，聪明的奇乌尼，一面用长鼻子卷过糖，一面迈着快步不停地向前奔跑。

这样走了两个小时，向导便提出让大象停下来休息一个小时，可爱的奇乌尼马上跑到附近的一个水塘先喝了个水饱，接着开始大口大口贪婪地嚼起那些绿油油的树叶、小树枝以及灌木。而弗朗西斯先生更是巴不得可以休息一下，因为他似乎快被颠散架了！福格先生却好像刚从床上起来一样精神饱满。

“他的身板真像铁打的一样。”旅长崇拜地看着他。

“是千锤百炼的好钢！”路路通一边忙着准备简单的午餐一边说。

中午十二点，向导示意大家该出发了，不过没过多久，沿途的美景就被一片荒凉取代了，这里是一群狂热的宗教信徒的居住地，他们的教规是全印度最残忍的。英国政府也无法对他们进行管制。有好几次，他们看到一群群的印度人，面目狰狞，正恶狠狠地盯着坐在这头大象上飞奔的人，还做出愤怒的手势。向导怕他们会做出一些对大家不利的行为，所以总是尽可能地避开他们。

第五章　穿越印度森林的冒险

真是好不容易才得来的“交通工具”啊！接下来的旅程可就全靠它了！虽然目前一切都在预料之中，而且相当顺利，但是接下来的事让大家都感到非常吃惊，并且想尽一切办法去解决问题，甚至差点丢掉了生命，你一定也很想知道吧？我们就继续往下看吧！

一路上很少能见到小动物，但是偶尔也会出现几只猴子。这些猴子总会冲着他们挤眉弄眼，做各种好笑的鬼脸，逗得路路通前仰后合。不过有一件事让这个小伙子很困惑：如果到了安拉阿巴德车站，福格先生会怎样处理这头价值连城的大象呢？带走？不可能。运输的费用恐怕也会让先生破产吧！把它卖掉？或者直接放生？如果，万一主人把他送给我呢？哦，算了，我一定抓破头皮也想不出来。还真是伤脑筋啊！

晚上八点，他们翻越了温迪亚山脉的大部分地区，在山脚下的一间小破屋里休息。白天共走了二十五英里左右，这是大约一半的路程，接下来还有一半的路程要走。

晚上非常冷，帕西人在屋里用干树枝生起了火，这份温暖显得十分珍贵。他们个个都已经筋疲力尽了，吃了点儿在克尔比村买的食物后，还没说上几句话，便听见了他们响亮的鼾声。奇乌尼也靠在一棵大树上睡着了，只有向导一直待在它的身边守夜！

一夜相安无事，只是偶尔会有几声豹子的吼声，似乎还夹杂着几声猴子的尖叫。不过，这些叫声对于屋里的人来说，并不危险。弗朗西斯·克罗马蒂疲惫不堪，睡得很沉。路路通睡得倒不沉，仿佛连做梦梦到的也是和白天一样，正在忍受着不断的颠簸。而福格先生睡得则很是香甜，就像睡在萨维尔大街的家中一样平静、酣畅。

早上六点，大家又出发了。向导希望可以在当天的夜幕降临之前，赶到安拉阿巴德车站。这样一来，福格先生损失的时间就会很少，只占那省出来的二十四小时中的一小部分罢了。

当他们翻过温迪亚山脉的最后几座山梁时，奇乌尼依旧健步如飞。中午，向导拐了一个弯，绕过了位于卡尼河畔的卡兰杰镇，避开了有人居住的地方，因为他一直觉得这种被大河冲击的、荒无人烟的盆地更加安全。就在盆地的东北面，离这里十二英里的地方，就是安拉阿巴德车站了。这时，大家来到了香蕉林里，准备暂时休息一下。树上的香蕉就像面包一样饱满，吃下去就像奶油一样又滑又软，所有人都对它赞不绝口。

下午两点，向导带领大家进入了一片茂密的森林，他们需要在林中走好几英里呢！也许是因为在茂密树枝的庇护下前进更加有安全感吧！不管怎么样，到目前为止，他们还没有遇到任何危险，一切都这样顺利地进行着！突然，大象变得急躁不安，猛地停了下来。

此时刚好下午四点。

“怎么了？发生什么事了？”弗朗西斯·克罗马蒂忽然从座椅中探出头，问道。

“长官，这……我也不知道。”帕西人一边回答，一边弯着腰努力地去倾听从林深处传来的“嗡嗡……”的细语声。

过了一会儿，声音更微弱了，好像是一场音乐会，人的声音和乐器的声音交织在一起，而且离他们十分远。

路路通此时瞪大了眼睛，竖起了耳朵。福格先生却一言不发，静观其变。帕西人从象身上跳了下来，然后将大象拴在了一棵大树旁，悄悄地走进林中查看情况。几分钟后，他回来对大家说：

“附近有一队婆罗门的僧人，他们正向这边走来，我们要尽量不被他们发现才行。”

于是，向导迅速地解开拴大象的绳子，把它牵进了森林里，然后叮嘱大家，千万不要下来。他自己也飞快地爬到了象背上。这样即使有危险也可以迅速地逃跑。当然，他相信这些人也不会看见他们的，因为树叶茂密极了，可以把他们遮得严严实实。

喧闹的人声、乐器声越来越近。在鼓声和铙钹声中，断断续续地夹杂着单调的歌声。不一会儿，队伍已经走到树下，距离福格先生他们只有五十英尺远。透过树枝间狭小的缝隙，他们可以清晰地观察到这支宗教队伍正举行着奇怪的仪式。

走在队伍前边的是一些僧人，他们都戴着头巾，身上穿着镶上了花的长袍，另外还有一些嘴里一直唱着某种葬礼圣歌的男人、女人和孩子，簇拥在这些僧人身边，而且那些歌声还时不时地被“咚咚……”的鼓声和铙钹声打断。在他们的身后是一辆装饰华丽的大轮车，由四匹强壮的瘤牛牵引着。那这车上是什么呢？队伍又走近了些，原来是一座面目狰狞的女神塑像。她有四条胳膊，暗红色的身体，脑袋上还顶着一头乱糟糟的头发，脸上最吓人的是那双凶神恶煞的眼睛，嘴唇鲜红，真不知道用了多少指甲花才可以染成这种颜色！她的脖子上戴了一串用骷髅做的项链，腰上还戴着一串由断手串成的腰链。她高高地站立着，脚下踩着一只没有头的怪兽。

弗朗西斯·克罗马蒂认出了这尊塑像，忍不住用最低的声音叫道：

“这是卡丽女神，是象征着爱情和死亡的女神！”

“说她是死亡女神我倒相信，但是爱情女神？还是算了吧！我可不敢苟同！”路路通反驳道，“她根本就是个面目狰狞的丑八怪！”

帕西人听到了，赶紧转过头，示意他们住嘴。

这时，只见一群老僧人围在塑像身边，跳来跳去，手舞足蹈，疯疯癫癫的。他们的身上不仅涂着一些褐色的奇怪条纹，而且还划开了几道十字形的大口子，鲜血正一滴一滴地往外渗。

在他们身后，有几个僧人正拉扯着一个身着华丽东方服饰的女人。

她很年轻，有着和欧洲人一样白皙的皮肤，她的身上戴满了首饰，有珠宝、项链、戒指、手镯、耳环，不管是头上、脖子上、肩上、手上，还是脚趾上，总之能戴的地方全戴齐了，浑身珠光宝气的！身上还穿着镶满金线的紧身衣，外面轻轻地罩了一层薄纱，刚好可以将她曲线完美的身材勾勒出来！

在她的后面是几个全副武装的守卫，和她形成了鲜明的对比。在守卫的腰间，除了佩戴着已经出鞘的锐利军刀外，还有一把镶着金色花边的长枪。他们的手里还抬着一顶轿子，而这顶轿子里却是一个死人的尸体。

尸体是一位老人，穿着印度华丽的贵族服饰。和活着的时候一样，头上戴着珍珠做成的头巾，身披金色绸缎，就连腰带上也镶满了钻石！而且他佩戴的武器全部是印度王公的精致武器。

在整个队伍的最后，是一堆乐师和成群的信徒。那些信徒的叫喊声，甚至可以时不时地盖过震耳欲聋的音乐声！

弗朗西斯·克罗马蒂神情凄然、目光悲切地看着这支排场的队伍，他转过头，对向导说："是殉葬！"

帕西人无奈地点了点头，肯定了他的说法，并伸出一根手指放到嘴边，示意他现在不要说话。

这只长长的队伍缓缓地从树下走过，不一会儿，连最后一排人也消失在了密林深处。歌声渐渐远去，直到完

全听不见了。间或还能听到几声从远远的地方传来的尖叫声。但是很快连喧闹声也没有了，只剩下一片寂静。

菲利亚斯·福格先生听到了刚刚弗朗西斯·克罗马蒂先生说的话，队伍刚一消失他就马上追问道："殉葬？什么意思？"

"福格先生，那个殉葬，"弗朗西斯·克罗马蒂解释道，"殉葬就是一种活人祭祀，不过这是一种自愿的牺牲。刚才您看到的那个女人，明天一大早就会被活活地烧死！"

"啊？这帮混蛋！"路路通无法抑制自己的愤怒，破口喊道。

"那具尸体是谁？"福格先生继续问道。

"是一个王公的尸体，也是那个女人的丈夫，"向导回答道，"应该是从伯德昆独立出来的一个王公。"

"什么？"菲利亚斯·福格先生继续问道，"在印度地区居然还有这些野蛮的习俗，难道英国政府就没有办法取缔吗？"

"这种殉葬在印度的大部分地区已经不存在了。"弗朗西斯·克罗马蒂回答，"但是在一些没有开化的地区，这种情况还是会存在，尤其是在伯德昆的领地上。我们现在也是没有办法啊！而且在整个温迪亚山北部的地区，时常会有杀人抢劫的事件发生。”

“又是一个不幸的女人！”路路通嘟囔着，“竟然要被活活烧死！”

“是啊，”旅长补充道，“要被活活烧死！但是如果她不被烧死的话，她以后生活处境的悲惨程度你们是绝对想象不到的，亲友们也会把她逼到绝境。他们会剃光她的头发，不给她饭吃，只是偶尔会有一些少得可怜的米饭，然后还会把她赶出家门。她将会被看作是邪恶的化身，直到最后会像一条癞皮狗似的死在某个无名的角落里。所以，每当这些寡妇们想到这种悲惨、可怕的情况，就会屈服。事实上，她们根本不是出于对爱情的执着或是对宗教的信仰。当然，有些时候，这种牺牲也可能是自愿的。这种陋习，一定要政府强行介入，才有可能被阻止。几年前，在孟买我就碰到过一次。有一个年轻的寡妇跑来求总督允许自己和她丈夫的尸体一起被火化。当然，总督拒绝了。可后来，那个女人离开了孟买，跑到了这个独立的印度王公的领地，终于实现了她殉葬的愿望。”

在旅长叙述的时候，向导一直不住地摇头。旅长的话刚一说完，向导马上就说：

“明天早上的这个殉葬可不是自愿的！”

“嗯？您是怎么知道的？”

“所有伯德昆地区的人都知道这件事。”

“但是刚刚那个不幸的女人，并没有丝毫的反抗啊?”

“那是因为那些可恶的人用大麻和鸦片把她麻醉了!”

“那她会被带到哪里？”

“她会被带到离这里两英里远的庇拉吉神庙，然后在那里过夜，等到时辰一到，就会被殉葬。”

“那祭祀什么时候开始?”

“明天早上太阳一出来就会开始。”

说完，向导把大象从浓密的树林里牵了出来，依旧爬到了它的脖子上。但是，正当向导抬起手，准备吹口哨给大象下命令的时候，福格先生阻止了他，并且转过头对弗朗西斯·克罗马蒂先生说：“我们去救那个女人吧！”

“什么？福格先生，去救那个女人？”旅长大叫起来。

“我之前节约了十二个小时，可以用这段时间来救人。”

“噢，您真是个大好人！”弗朗西斯·克罗马蒂不禁称赞道。

“有时是，”福格先生简单地回答道，“是在我有时间的时候！”

这个想法极其冒险，而且实现的难度相当大。或许福格先生也会因此而丧命，至少会被他们抓住然后关起来，这样他环游地球的计划就彻底失败了。但是他没有丝毫的犹豫，而且他还感觉到弗朗西斯·克罗马蒂也坚决支持他这么做。

路路通也早已做好准备，时刻听从主人吩咐。主人的决定使路路通激动不已，他发现在主人那冷酷的外表下，有一颗极其善良的心，一个非常崇高的灵魂。他简直是要爱上菲利亚斯·福格先生了！

那向导呢？他会站到哪一边呢？他会向着那帮印度人吗？即便他不选择帮助，至少也会中立吧！

“长官，”向导回答说，“我是一个帕西人，那个可怜的女人也是帕西人。有什么需要我做的，您尽管吩咐吧！”

“这真是太好了！”福格先生称赞道。

“不过，有一点你们必须清楚，”向导郑重地说，“我们并不只是冒生命危险，一旦被他们抓住，还会遭到最冷酷的刑罚！所以，请大家务必考虑清楚。”

“我们已经考虑过了，”福格先生淡淡地说，“我觉得我们应该等到晚上再行动。”

“我也是这么想的！”向导回应道。

之后，向导向大家介绍了一下这位可怜女士的不幸。她叫奥达，是一名帕西人，也是印度非常有名的美女。她的父亲是孟买的富商，所以她从小就在孟买接受完全英式的教育，无论是言谈举止还是文化修养，完全就像是一个欧洲人。不久，她的父母相继去世，她也就成了孤儿，后来被迫嫁给了伯德昆的一个老王公。可是还不到三个月，她就成了寡妇。之后得知了自己将被殉葬的噩运后，便逃跑了，可是很快又被抓了回来。那个王公的亲属们为了不让她活命，所以都要她去殉葬！

听了这件悲惨的事情后，他们更加坚定了自己必须救人的决心。之后大家开始商量对策，首先让向导把大象赶到了庇拉吉庙的附近，要越近越好。

半小时后，大家来到了离寺庙大概五百步的地方，潜伏在一个矮树丛里休息。这里不但不会被发现，而且还可以清楚地听到那些没有人性的教徒发出的狂热的叫喊声。

大家开始讨论进庙救人的方案。因为向导对这一带非常熟悉，所以他肯定那个女人就被囚禁在里面。那么，等到那些人喝醉、睡熟的时候，能不能直接破门而入？或是找个侧门溜进去？又或者从墙上凿个洞来救人呢？不过有一点是肯定的，救人的计划只能在今天夜里实施，因为只要天一亮，那个女人就会被活活地烧死。到时候就算是神仙也救不了她了！

此时，福格先生正和他的同伴们悄悄地等待着夜幕的降临，将近六点钟，天刚有点黑，他们便开始了第一步的行动，侦察地形，熟悉寺庙周围的情况。渐渐地，僧人们的叫喊声停了下来。按照习俗，他们现在应该是喝完了那种掺有鸦片汁的酒，已经烂醉如泥了。或许现在可以直接从他们的中间穿过去救人。

向导带着福格先生、克罗马蒂先生和路路通，悄无声息地穿过树林，然后一直匍匐前进。大概十分钟后，他们来到了一条小河边，借着火把尖上由树脂燃烧发出来的点点微光，他们看到了已经架好的木柴堆。看来，这里应该就是举行殉葬的祭坛。他们用的这些木头都是珍贵的檀香木，而且已经全部用香油浸泡过。在木柴堆上，放着那个被包裹着的王公的尸体，明天他将要和他的妻子一起被火葬。在离这个祭坛一百步的地方有一个宝塔，塔尖高高地耸立在树木的黑影之上。

“过来！”向导低声指挥道。

大家此时加倍小心地跟着他，悄悄地从高高的草丛中滑过。

四周一片寂静，只有风吹树枝发出的低吟声。

不久，向导在一片林中空地的边上停了下来。几支火把将这里照得通明！地上横七竖八地躺着一群由于喝醉而熟睡的人，正是这酒劲使得他们睡得特别沉。男人、女人和孩子，全都混在了一起，乍一看，犹如尸横遍野！有几个醉鬼还时不时地发出一种沉重的喘气声。

空地后面，屹立着庇拉吉神庙，虽然被树叶遮挡着，但是轮廓清晰可见。但令向导失望的是，那些身配利剑的王公护卫们，个个手持火把正在寺庙门口巡逻放哨呢！估计里边也会有护卫把守。

向导看到这种情况便停了下来，看来强行进入已经行不通了。他只好带着大家退了回去。

菲利亚斯·福格先生、弗朗西斯·克罗马蒂先生也知道，硬闯是不行了。于是，他们停了下来，小声讨论。

“看来，我们得再等等了！”弗朗西斯·克罗马蒂先生说，“现在才八点钟。这些看守很可能一会儿就困了。”

“嗯，很有可能。”向导回答。

菲利亚斯·福格先生和他的伙伴们一起躺在一棵大树下，静静地等候时机。

等待的时间过得好慢啊！其间，向导曾多次起身，透过树林观察动静。可是那些王公的守卫始终保持一样的状态，不停地举着火把来回巡视，就连庙里也透出很亮的火光。

就这样，大家一直等到半夜，情况还是没有一点改善。门口的护卫一丁点也没有懈怠，看来是不能再指望看守们疏忽了，或许他们根本一点酒都没喝，必须得另想一个办法进去才行啊。从墙上挖个洞进去？可是还有一个问题，不知道里边是不是和外边一样戒备森严啊！

大家最后又商量了一遍，于是向导下了命令："大家准备好，现在出发！"

菲利亚斯·福格先生、弗朗西斯·克罗马蒂先生和路路通紧随其后。他们绕了一大圈，来到了寺庙的后面。

此时已经快十二点了，他们非常顺利地来到了墙角这边。这里没有一个人，但是别说门了，连一扇窗子也没有。

天很黑，夜已深了。

仅仅到达墙角是远远不够的，还要赶快想一个办法，在厚厚的墙上挖一个洞，可是他们每个人身上只有一把小刀。不过还好，这墙是由砖块和泥土砌成的，比较容易挖。只要挖开第一块砖，其他的砖也就很容易挖开了。

于是大家埋头干了起来，尽量使自己不要发出声音。向导和路路通各站一边，一起往下拆砖头，争取拆出一个可以容下一人进出的洞来。

到目前为止，一切进展得都很顺利。可就在这时庙内突然传来了一声叫喊，紧接着传来了接二连三的回应声。

路路通和向导马上停了下来。他们被发现了吗？外边的人也都醒了吗？谨慎起见，他们退了回去。菲利亚斯·福格先生和弗朗西斯·克罗马蒂先生也随着撤了回去。大家又都躲到了树林里。等危险过去后，回来接着挖。

但是，情况糟糕透啦！一些护卫来到庙后查看，为了防止有人接近，便在这里也设置了一个岗哨。

四个人看到营救计划受阻，不得不放弃这个挖洞的方案，心里别提有多难受了！那么，现在已经无法靠近这个女人了，要怎么营救她呢？弗朗西斯·克罗马蒂先生攥紧了拳头，强压住心中的怒火。路路通更是出奇地愤怒，向导也是沮丧到了极点！但是，菲利亚斯·福格先生似乎还是那副无动于衷的神情，一点也看不出他现在有任何情绪的波动。

“难道我们要这样回去吗？”弗朗西斯·克罗马蒂先生皱着眉头，低声地问道。

“我们现在只能回去了！”向导无奈地回答。

“再等等吧！”福格先生说，“我只要在明天中午十二点之前赶到安拉阿巴德就行！”

“但是您还能怎么样呢？”弗朗西斯·克罗马蒂先生问，“再过几个小时，天可就要亮了，到那时……”

“在最后的紧要关头，说不定会出现转机的！”

弗朗西斯·克罗马蒂先生直直地盯着菲利亚斯·福格先生的眼睛，真想知道他的脑子里到底在想些什么！

这个冷静的英国人到底打算怎么办呢？难道他想在

殉葬仪式开始之后，冲到那个女人的面前，当着所有人的面，在众目睽睽之下把她从刽子手的刀下劫走吗?

这个想法真是太可怕了！怎么可以允许他干出这么疯狂的事呢？不过弗朗西斯·克罗马蒂先生还是同意留下来静观其变，继续想办法，直到那残忍的一幕开始为止。这次，向导没有带他们到原来躲藏的地方继续藏着，而是来到了另一边，那个点了很多火把、一片通明，躺着很多酒鬼的空地边上。他们藏在树后，可以清楚地看到那些在睡梦中的人的情况。

路路通则爬到了这棵树的最高处，他一直在反复思考着刚刚脑海中闪过的那个方法。这个想法就如一道闪电，瞬间划过，却又照亮了全部，然后便深深地镶到了里面，挥之不去。

他自言自语道：“太疯狂了！”接着他一遍又一遍地问自己：“为什么不行？有那么可怕吗？不管怎么样，这都是一个机会！而且面对这些凶残成性、丧心病狂的家伙，这或许也是最后唯一的机会了。拼了……”

路路通想了很久，也想不出其他办法。于是，他就按照自己刚才想出来的那个唯一的办法，沿着一个比较低的树枝，像蛇一样缓慢地向下游去，一直顺着树枝滑到了地面上。

又过去了几个小时，虽然夜色依旧很浓，但是在远远的天边，朦胧中出现了几缕微光，天就快亮了！

很快，殉葬的时辰到了。所有的人就像是又复活了一样，各种叫喊声又开始了，鼓声也重新响起，唱歌声、叫喊声，此起彼伏。而那个不幸的女人就要被烧死啦！

就在这时，庙门开了，里面闪出一道强光，菲利亚斯·福格先生和弗朗西斯·克罗马蒂先生可以清楚地看到那个女人。因为大部分的火光都恰好可以照到她。她正被两个僧人向外拖拽，出于本能，哪怕已经被麻药麻醉，她还是在极力反抗，希望可以挣脱刽子手的魔爪。此时弗朗西斯·克罗马蒂先生的心狂跳起来，并下意识地一下子抓住了旁边福格先生的手。他发现福格先生的手里握着一把刀。

此时，人群开始骚动，而那个年轻的女人，再次被大麻熏得晕了过去。她被那两个僧人扭押着，从正在背诵经文的众僧人面前走过。

福格先生他们混到了队伍最后一排的中间，一直跟着她向前走。

两分钟之后，他们来到了河边，在离祭坛不到五十步的地方停了下来。在忽明忽暗的火光中，透过灰暗的晨曦，他们看到那个已经被熏得毫无知觉的女人被平放到了她丈夫的身边。

接着一个人手持火把，慢慢地走近柴堆，手轻轻一触，浸过油的木柴立刻燃烧起来。

突然，福格先生发了疯一样，想要冲向祭坛，幸好弗朗西斯·克罗马蒂先生和向导及时摁住了他……

福格先生用尽全力把他们推开，就在这时，情况突然发生了变化，人群中发出了一声惊恐的尖叫，所有的人突然都跪到了地上，将头深深地埋下去，惊恐万分。

什么？那个老王公竟然没有死？只见他像鬼附身一样嗖地坐了起来，接着两脚一蹬祭坛，抱着那个女人站了起来，迅速从上面走了下来。在一片烟雾和火光的笼罩下，他的样子甚至比鬼还要可怕！

那些僧人、守卫和信徒被这突如其来的一幕吓得魂飞魄散，全部趴倒在地，不敢抬一下头。

那个女人在强壮有力的臂膀中一动不动，就像没有重量一样。菲利亚斯·福格先生和弗朗西斯·克罗马蒂先生一直站在原地，一动也不动。向导也害怕得低下了头。至于路路通，这会他不知道到哪里去了，不过大概也好不到哪里去吧……

这个复活的僵尸竟然一直向菲利亚斯·福格先生和弗朗西斯·克罗马蒂先生这边跑来，一直到了他们的面前，然后大声叫道：

“快跑！”

所有的人都还没有反应过来，只是下意识地跟着快跑。原来这个人正是路路通。是他刚刚趁着烟雾爬上了祭坛！也是他扮演了复活的僵尸，吓傻了那一群人，还是他抱着那个女人从祭坛上走了下来。是他趁着天黑和烟雾，把这个女人从死神的手里抢了过来！

不一会儿，等到那群人反应过来，识破他们这个把戏的时候，几个人已经消失在树林中了。大象载着他们飞速地向前奔跑。在他们的身后是一片叫喊声、枪声……，甚至还有一颗子弹打穿了福格先生的帽子。

那熊熊燃烧着的柴堆上，确实还堆放着老王公的尸体，从恐惧中惊醒过来的人们这才意识到人被抢走了。

他们立刻冲进树林，守卫的士兵们紧随其后，他们开始朝着劫持者也就是福格先生一行人射击，但无奈大象跑得太快了。在一片枪林弹雨之后，福格先生他们逃到了枪箭的射程之外。

第六章 钱袋里又少了几千英镑

危险终于过去，所有人都可以舒口气了！现在的你是不是对勇敢的路路通敬佩不已？但是，事情却远没有结束！那个年轻女人怎么样了？她之后将要如何生活？悲剧又会不会再次重演？福格先生会怎样处理这一切？这一切包括那头可爱的大象奇乌尼，也着实让路路通替主人操碎了心。眼看这一切都还没解决，麻烦又来了……

大胆的营救计划终于获得了成功，每个人都异常兴奋。甚至在一小时之后，路路通仍在为他的机智沾沾自喜。弗朗西斯·克罗马蒂先生也为他的勇敢激动不已，紧紧地握住了路路通的手。他的主人也夸赞道：

“干得漂亮！”

这句“干得漂亮！”虽然只有简单的几个字，但是可以从菲利亚斯·福格先生的口中说出，绝对是他对别人的一种至高赞扬。路路通脸上微微泛红，笑着说：

“这都要归功于我的主人菲利亚斯·福格先生，我只不过是想了一个比较好笑的主意罢了！”路路通一想到刚才自己从一名前体操教练，变成那个漂亮女人的丈夫——一个浑身裹满防腐香料的老王公，就会忍不住笑起来。

那个年轻的印度女人还在昏迷中，对于刚刚发生的一切一点也不知道，福格先生他们把她小心地放在了一个座椅里，还把旅行毛毯盖在她的身上，让她可以暖和地休息一下。向导骑着大象，在漆黑的树林里飞速前进。离开庇拉吉神庙约一小时后，他们便驰骋在广阔的平原上了。七点钟，他们休息了一下，可那个年轻女人仍然昏迷不醒。向导给她喂了一点水和白兰地，但是由于惊吓过度，她或许还要很长一段时间才能醒来。

弗朗西斯·克罗马蒂先生非常了解吸入大麻后的症状，所以他一点也不担心这位女士的健康，但是他很担心她以后的生活。于是，他直截了当地告诉福格先生：

“如果奥达夫人继续留在印度的话，她一定还会落到那些野蛮的刽子手手里。因为他们的信徒遍布整个印度半岛，不管她逃到马德里、孟买还是加尔各答，就算有英国警察也帮不了她，她还是会被抓回去。”

之后，他还将最近发生的一起类似的案子讲给福格先生及其他人听，以便证明他所说的话。而且他认为，只有离开印度，这个女人才能得到真正的安全。

菲利亚斯·福格先生依旧很镇定、很严肃地说：

“我会认真考虑您的建议的。”

大约十二点，向导告诉大家：“已经到安拉阿巴德车站了，中断的铁路会在这里重新延续，只要再坐一天一夜的火车就可以到加尔各答了。”

菲利亚斯·福格先生必须在第二天中午，也就是10月25日中午，赶到加尔各答，在那里换乘开往香港的船。

下车后，他们先把奥达夫人安置在车站一个比较舒适的房间里。然后路路通负责购买她所需的各种生活物品，比如洗漱用品、裙子、披肩、皮衣等等。只要能买来的，就都先买回来，而福格先生是不会吝惜这些钱的。

路路通立刻跑去城里。安拉阿巴德是一个圣地，位于恒河和亚穆纳河的交汇处，是印度著名的朝圣城市，所以吸引了整个印度半岛的朝圣者。根据《罗摩衍那》的记载，恒河本发源于天上，多亏梵天（婆罗门教中宇宙的缔造者）把它带到了人间。

在买东西的同时，路路通也没忘记快速地参观一下。原来这里是一个雄伟的碉堡，现在被改建成了这个国家的监狱。这里的工商业也曾经繁华过一段时间，可是现在什么也没有。路路通本来想找一个大一些的商场，就像英国摄政大街上的农夫百货一样，但是找了半天也没有，只看到了一个犹太老人开的旧货铺子。他便在那里买了些必需的小物件，有一条苏格兰裙子、一件宽松的大衣和一件很漂亮的水貂皮皮袄，并毫不犹豫地付给了那位犹太老人七十五英镑，就像得胜的将军一样，满脸喜悦地回车站去了。

奥达夫人渐渐醒了过来，庇拉吉神庙那些僧人所造成的惊恐也慢慢消失了，她那双迷人的眼睛里，又重新流露出印度女人独有的温柔。

诗王乌萨夫·乌多尔，在赞美美丽的阿美那加拉王后那迷人的风韵时，曾作过一首诗：

> 她那闪亮的秀发，均匀地披在双肩，衬托出她那轮廓和谐、精致白皙的脸庞，闪耀着光洁清新的风采；她那乌黑的双眉，宛如爱神卡玛的神弓，又细又弯；她那浓密、光亮的睫毛下，一双秋波粼粼的大眼睛，在黝黑的眸子里晶莹地闪耀着，好似喜马拉雅圣

湖反射的天籁之光；她那洁白无瑕、整齐匀称的牙齿，只要稍稍微笑一下就会显露出来，就像是刚刚微开的石榴花里闪亮的露珠一样；她那娇小玲珑的耳朵，有着对称的曲线；她那粉嫩的双手，柔软的双脚，如同莲花的苞蕾一样闪着光，好像是锡兰最美丽的珍珠，又像是古尔冈最耀眼的钻石；一只手就可以环抱的纤纤细腰，更加烘托出她那圆润饱满的曲线，那是如怒放的花朵般，在最绚烂的青春里最宝贵的财富。层层褶褶的长裙下，曼妙的身姿仿佛是由那永恒的雕塑家维克瓦卡尔玛的圣手雕琢过的银像一样，将会永久美丽！

尽管没有人用这些华丽的辞藻来赞美奥达夫人，但是用欧洲人的审美标准来看，她已经是魅力十足了。她讲一口地道的英语，正如帕西向导所说，她接受过良好的英式教育。

火车马上就要从安拉阿巴德出发了，帕西向导正等着拿报酬，福格先生按照事先讲好的价钱付了酬金，一分也不多。路路通对此感到十分奇怪，他觉得主人真应该好好谢谢这位向导。因为在救人行动中，他差一点就丧命，万一日后那些印度人找他麻烦报复他，他会很难躲开的。

另外，奇乌尼呢？这头天价买来的大象要怎么处理呢？

其实福格先生早就想好了。

“向导，”福格先生对帕西人说，“您的服务很棒！对我们也非常忠诚！所以我很感谢您。这头大象您喜欢吗？现在，它是您的了。”

对于这突如其来的惊喜，向导甚至不敢相信。他两眼放着光：

“您真的要把这个极为贵重的礼物送给我吗？”

“是的，您就收下吧！”福格先生说，“帕西朋友，即便如此，我还觉得不够呢！”

“太好啦！”路路通高兴地叫了起来，“朋友，收下吧！收下吧！奇乌尼是一只正直而又勇敢的大象！”

说着，他走到大象的跟前，一边递给它几块糖，一边温和地说：

“来！奇乌尼，吃吧！快吃吧！”

大象奇乌尼满足地哼哼着，好像是在表示感谢。然后用它长长的大鼻子卷住路路通的腰，把他举了起来，一直举到了头顶。路路通一点也不感到害怕，他伸出手，轻轻地抚摸着它。然后，大象奇乌尼又把他轻轻地放到了地上，或许它知道路路通他们就要走了，好像在说：“和你

们在一起好开心啊！你们一定要保重！一路顺风！”而路路通也伸出手，握了握大象的鼻子，好像在说：“我们会的！一路上谢谢你了！你也要保重啊！”

几分钟后，菲利亚斯·福格先生、弗朗西斯·克罗马蒂先生、路路通和奥达夫人登上了火车，他们在一个舒服的包厢里安顿下来，其中最舒服的位子留给了奥达夫人。火车吐着巨雾，向贝拿勒斯全速前进。

那里离安拉阿巴德也就八十英里，火车只需要开两个小时就到了。

旅途中，这位年轻的妇人已经完全清醒了，昂格酒的麻醉效果也已经失去了作用，她不再觉得头昏脑涨！

当她发现自己正在火车的车厢里，穿着欧洲人的衣服，身边还坐着几个她完全不认识的陌生人，她的惊讶程度可想而知！

大家对清醒后的她先是表示关心，说明他们没有恶意，之后又让她喝了几口酒，使她暂时镇定下来，然后又由弗朗西斯·克罗马蒂先生将整件事情的来龙去脉给她讲了一遍。弗朗西斯·克罗马蒂先生最后还强调道：

“多亏了福格先生，是他甘愿冒生命危险、毫不犹豫地施救；而最终能够使你得救，要归功于勇敢的路路通和他的计谋。”

福格先生在克罗马蒂先生讲述整个事件过程的时候，一言不发，而路路通却有些不好意思，反复地说：“这不算什么！”

奥达夫人眼含热泪，激动得都有些说不出话来了，之后对她的救命恩人表示了深深的感谢！那双充满感激之情的大眼睛里的泪光，胜过了千言万语。接着她回想起了殉葬的场景，还有殉葬之前的事情，望着车窗外危机四伏的那片土地，由于内心的害怕，不禁打了一个冷战。

菲利亚斯·福格先生非常理解奥达夫人的心情，他说希望先把她送到香港，等事情平息了之后再回来，不过他的语气还是冷冰冰的。

奥达夫人很是感激，并且接受了他的好意。她在香港正好有一个亲戚，也是帕西人，还是香港一个有名的富商。香港是中国南部的一方领土，但实行的是英国式的统治和管理。

中午十二点半，火车停靠在贝拿勒斯站。婆罗门教传说，这座城市就是卡西古城的旧址。当时，它就像穆罕默德的陵墓一样，悬浮于天地之间。但是，现在看来，这个被东方人称作“印度的雅典”的贝拿勒斯也不过如此，一样是建造在土地之上的，没有什么特别的地方！路路通偶尔还会看见几栋砖瓦房，几个用木材搭建的茅草屋，完全是一副破败不堪的景象！

弗朗西斯·克罗马蒂先生已经到达目的地，部队就驻扎在城北几英里外。于是弗朗西斯·克罗马蒂先生便在这里和菲利亚斯·福格先生道了别，祝他之后可以取得成功，并希望他以后如果再进行这样的旅行，一定要找一个更合理更有意义的理由。福格先生轻轻地握了握克罗马蒂先生的手。奥达夫人也诚挚地向他道谢、告别，说她永远都不会忘记弗朗西斯·克罗马蒂先生对她的恩情。路路通紧紧地握住弗朗西斯·克罗马蒂先生的手，感到由衷的激动和荣幸。他心想：真不知道何时才能再为这位先生效劳呢？依依惜别之后，弗朗西斯·克罗马蒂先生便独自向部队走去。

从贝拿勒斯开始，火车进入恒河山谷，透过车窗，可以看到在晴朗的天空下，比哈尔地区变化万千的景色。这里地形多变、层峦叠嶂，郁郁葱葱的树木覆盖了整个山头，田地里长满了大麦、玉米和小麦；众多的鳄鱼随意地栖息在小河或是池塘中；在一片翠绿的树林后面，坐落着整齐而有序的村落；不远处的圣河里，几只调皮的大象和瘤牛一边洗澡一边嬉戏。尽管由于季节的更替，天气变得有些冷了，但是仍然可以看到，男男女女的信徒们正在这里虔诚地接受圣水的洗涤。这些婆罗门教的狂热信徒是敌视佛教的，婆罗门教中有三个转世之神：太阳神毗湿奴、自然之神湿婆和管理所有教众及立法者的至高神梵天。然而，当毗湿奴、湿婆和梵天看到来来回回的汽船行驶在恒河之上，搅乱了圣河的河水，刺耳的汽笛声又惊跑了盘旋在圣河之上的所有海鸥，吓跑了岸边成群结队悠闲散步的乌龟以及遍布两岸虔诚的教徒，他们会怎么去想这个在英国统治下的印度呢？

窗外的景色如闪电般掠过，火车时不时喷出来的烟雾，使人们的视线变得模糊。但是仍然可以看到贝拿勒斯的那些著名建筑，如比哈尔王公的旧城堡——舒纳堡、加兹浦尔等等。

早上七点，福格先生他们便到了加尔各答，开往香港的邮轮中午十二点开船，所以福格先生相当于提前了五个小时。

根据他的计划，应该在10月25日，也就是出发后的第二十三天，到达印度的首都——加尔各答[①]。虽然旅途中有不少耽搁，但是他确实还是按照计划准时赶到了。或许更准确地说，他是既没有迟到，也没有提前。只可惜，从伦敦到孟买节约出来的两天时间，都用在了穿越印度半

① 从1772至1991年，加尔各答一直是英属印度的首都。

岛上，至于原因大家都很清楚。但是菲利亚斯·福格先生呢？他是怎么认为的呢？可以肯定，他对此没有感到一点后悔或是惋惜。

火车刚一到站，路路通就第一个跳了下来。紧接着，菲利亚斯·福格先生扶着奥达夫人也下来了。福格先生打算直接去开往香港的邮轮，把奥达夫人先安顿好。由于对于奥达夫人来说已经危机四伏，所以福格先生不想让她一个人待着。

就在福格先生刚要离开车站的时候，一个警察突然走到了他的面前，严肃地问：

“您是菲利亚斯·福格先生吗？”

“我是！”

“那这位是您的仆人吗？”警察指着路路通问道。

“是！”

“那就请两位跟我走一趟吧！”

听到这些话，福格先生没有表现出半点惊讶。在英国人的思想里，警察代表的就是法律，而法律是神圣不可侵犯的。路路通则是传统法国人，想申辩几句，但是被那个警察用警棍示意要听从吩咐，所以不得不闭上了嘴。

“那这位年轻的夫人可以和我们一起走吗？”

“可以！”警察冷冷地回答。

于是，福格先生、奥达夫人和路路通被带上一辆两匹马拉的四轮马车，上面正好有四个座位。马车似乎是经过了一个“贫民窟”，街道非常狭窄，两边都是些又低又矮的窝棚，里面住着的都是一些衣衫褴褛、肮脏不堪、贫穷困顿的人。接着，又经过了一个欧洲人居住的地方，那里有着宽阔的街区。一排排整齐、漂亮的砖砌房子映入眼帘。街道两旁遍布高大浓密的椰子树，遮天蔽日。尽管还是清晨，但是那些神态高贵的骑士已经纷纷出门，街道上满是大马车，川流不息。

大约二十分钟后，马车在一栋看似很普通的房子前停下，但是看得出来，里面住着的一定不是普通人。警察招呼“犯人们”下了车，然后把他们带到一间装有铁窗的房间，说：

“八点半，奥巴迪亚法官会传唤你们的！”

说完便关上门走了。

“天啊？我们这不是被抓起来了嘛！”路路通在房间里大叫起来，然后一屁股坐到凳子上。

这时，奥达夫人转向菲利亚斯·福格先生，她努力抑制住自己此时的激动与不安，但是颤抖的声音出卖了她：

“福格先生，你们还是不要再管我了。都是因为我，为了救我，你们才被跟踪的。”

“不可能！”菲利亚斯·福格先生劝慰道，“只是为了这次殉葬的事情被抓？不可能！绝对不可能！不用担心，一定是搞错了！”接着福格先生又补充道，“无论如何，我是不会把你丢下不管的，我会一直把你送到香港！”

“可是，开往香港的船十二点就要开了！”路路通提醒道。

“十二点之前我们一定会上船的！”福格先生仍然面无表情，简练地说。

看到主人这么斩钉截铁，路路通也小声地安慰自己：

“嗯，一定会的！我们一定可以在十二点之前上船的！”不过路路通的心里还是七上八下的。

八点半门开了，那个警察走了进来，把他们带到隔壁的房间。这是一个审判厅，旁听席上坐了好多人，既有欧洲人，也有当地的印度人。

福格先生、奥达夫人和路路通被带到法官和书记员对面的位子上坐下。

几乎是在同一时间，那位奥巴迪亚法官走了进来，后面跟着一个胖得像球一样的书记员。然后他从一个钩子上取下假发套，迅速戴在自己的头上。

“第一个案子……”他宣布道，之后又顺手摸了摸自

寺。”书记员说道。

“我们有物证，就是这双鞋子，是亵渎圣地的人留下的。”说着，书记员拿出一双皮鞋放到了桌子上。

“我的鞋子！”路路通看到自己的鞋子，不由自主地喊了出来。

可以想象，现在这对主仆得有多吃惊啊！他们早就把马勒巴山寺的这件事情忘得一干二净了，但是没想到恰恰就是因为这件事情，他们才被告上了法庭。

事实上，菲克斯侦探早就想好好地利用一下这件事情了，他特意把出发的时间推迟了十二个小时，利用这段时间来鼓动马勒巴山寺的僧人去控告。并且说，英国政府对这些有损宗教礼仪的事是很重视的，他们可以得到一大笔的赔偿金。随后，他们便跟踪亵渎圣灵的人，乘坐下一班火车出发了。但是福格先生他们中途因为救奥达夫人耽误了一些时间，但菲克斯侦探和那些僧人比他们还要早到加尔各答。他本来以为当地的法院在接到电报以后，等福格先生一下车就会马上将其拘捕。可想而知，当得知福格先生他们还没有下车的时候，菲克斯侦探该有多么失望。他有时甚至会想，这个狡猾的贼会不会已经在半岛铁路的某一个站下车了呢？是不是已经逃到哪一个边远的省份去了呢？菲克斯侦探一直心急如焚，在过去的二十四小时里，他一直死死地守候在车站里。直到今天早晨，当他看见福格先生和一个不知道是从哪里来的女人下车时，他别提有多高兴了，简直就是欣喜若狂。随后，他立即跑到警察那里去报告，菲利亚斯·福格先生、路路通以及奥达夫人就这样被带到了奥巴迪亚法官面前。

如果路路通不是太过于关注自己的这件案子，那么他一定能注意到坐在旁听席角落里、正全神贯注听审的菲克斯侦探。那他为什么只是静静地坐着呢？答案很简单，就像和在苏伊士、孟买一样，逮捕令还是没有到加尔各答。

可是，奥巴迪亚法官已经注意到了路路通随口而出的证词，并且将其记录在案。

“你们认罪吗？”法官问道。

“我们认罪。”福格先生冷冷地答道。

“根据英国律法，”奥巴迪亚法官宣判，“要严格保护印度的一切宗教，由于路路通先生已经承认，他于10月20日穿鞋进入孟买的马勒巴山寺，玷污了圣地，所以法庭现在宣判，判处路路通先生监禁十五天，并处三百英镑的罚款。”

“什么？三百英镑？”路路通尖叫道。对于如此高额的罚款，路路通感到相当吃惊。

“肃静！肃静！”执法人员高声命令道。

“另外，”奥巴迪亚法官补充道，“由于没有足够的证据证明，主人菲利亚斯·福格先生没有和他的仆人路路通先生串通，主人必须对仆人的行为负责，所以对于主人菲利亚斯·福格先生判处八天的监禁，并处以一百五十英镑的罚款。好了，书记员，下一个案子。”

菲克斯躲在角落里，心满意足地窃喜着，菲利亚斯·福格先生要在加尔各答待上一星期，这么长的时间足可以等到逮捕令了。

而路路通呢？他差点晕了过去，这个判决会使他的主人破产的。两万英镑就要没了！而这一切，都是因为自己在街上瞎逛，因为一时的好奇走进了那座破庙。

菲利亚斯·福格先生倒是若无其事的样子，就好像这个宣判和他一点关系都没有似的，甚至连眉头都没有皱一下。但是，当听到就要叫下一个案子的时候，福格先生马上站了起来，说：

“我要求保释！”

“当然可以，这是您的权利。”法官温和地说。

突然，菲克斯觉得背上一阵发凉，但是当他听到法官接下来说的话时，悬着的心又放下了。

“不过，由于菲利亚斯·福格先生以及他的仆人都是外籍人士，所以必须缴纳高额的保释金，数额为一千英镑，才可保释。”

也就是说，如果福格先生不想服刑的话，就必须缴纳两千英镑的巨额保释金了。

“可以。我付！”这位绅士淡定地说。

说着，他从路路通拎的旅行包里拿出了一沓钞票，放到了书记员面前的桌子上。

“等你们什么时候把刑期服满了，这笔钱就会归还给你们。”看到此景，奥巴迪亚法官说，“现在你们被保释了！可以走了！”

“走吧！”菲利亚斯·福格先生对路路通说。

“可是，至少现在应该让我拿回我的鞋了吧！”路路通十分生气地比划道。

于是，他拿回了他的皮鞋。

路路通只好可怜兮兮地跟在主人身后走出去了。而福格先生是让奥达夫人挽着他的胳膊，走出了法庭。此时的菲克斯侦探正咬牙切齿地盯着走出去的菲利亚斯·福格先生。他多希望福格先生不要交这两千英镑的保释金，在监狱里待上八天。现在，他也只好继续跟踪这个盗贼菲利亚斯·福格先生了。

福格先生叫了一辆马车，三人立刻上了车。而菲克斯紧跟在后面追赶。很快，车子便停在了一个码头。

“仰光号”就停在半英里外的港口，开船的信号旗在高高的桅杆上随风飘扬。

这时，十一点的钟声敲响了，福格先生他们还早到了一个小时呢！菲克斯侦探眼看着他们从车上跳了下来，然后一起上了小船，气得直跺脚！

“混蛋！”他嚷道，“居然又让他们跑掉了，而且他还花掉了两千英镑的赃款，他怎么花钱就像流水一样毫无顾忌啊！不过，就算你逃到天涯海角，我都会跟着你的！可是，如果照他这样花下去，这笔钱迟早会被他花完的啊！”

侦探不由地陷入了沉思。的确，从伦敦出发到现在，旅行费、额外开销、保释金再加上买大象的钱，差不多已经五千英镑了。如此下去，按照追捕到的赃款的比例所得到的奖金，也就是菲克斯侦探如果抓到窃贼所得到的钱，就会越来越少了啊！

第七章　各行其是

法院的难关总算过去了，虽然这让福格先生付出了两千英镑的巨额保释金，但是总算没有耽误时间，这个旅行计划还可以顺利进行。这种种经历，足以让原本陌生的人生出感情。路路通对主人的感情也更加深厚了。可是这一次，他又不小心办了错事……又出现什么状况了？本来美好的一次航行又发生了怎样的变化？接下来，你可要耐心、仔细地看喽！

“仰光号”属于半岛公司和东方公司，专门走中国和日本之间的航线，是一艘带有螺旋桨驱动器的钢铁蒸汽船。它的吨位为一千七百七十吨，额定马力达到四百。在速度上，它和“蒙古号”不相上下，但是在舒适程度上，却远不如“蒙古号”。所以，奥达夫人在船上并没有福格先生所希望的那么舒适。但是，好在这次的航程只有三千五百海里，大概也就是十一二天左右吧，而且这位年轻的奥达夫人，也并不是那种要求十分苛刻的乘客。

从被菲利亚斯·福格先生救下来到现在，奥达夫人已经渐渐地了解了这个人。开船后的几天里，奥达夫人只要一有机会，就会表达对菲利亚斯·福格先生的感激之情。而这个冷漠的绅士只是无动于衷地听着，至少从表面上看是这样。他总是面无表情，不变的语调，不变的动作。他只是尽全力去保障这位夫人在船上什么都不缺。他每隔几个小时就会过来看看她，有时随便聊上几句，有时干脆就静静地听她说话。福格先生对待奥达夫人总是彬彬有礼，似乎是在严格地完成一项任务，行为举止就像木头人一样，一丝不苟、有板有眼。但是可以看得出来，福格先生对奥达夫人真的是关心备至、爱护有加！这也就使得奥达夫人不知道该如何去评价福格先生，对于他的事情，她也就只能自己去猜了。但是路路通已经把福格先生那古怪的脾气向奥达夫人大概说了一下，而且还把八十天环游地球的整个起因及之后的一些事情告诉了奥达夫人。奥达夫人听后忍不住笑了起来，不管怎么样，是福格先生救了她的命，以她对福格先生的了解，她认定福格先生是一定会赢的！

关于奥达夫人的一切不幸遭遇，她本人已经证实了帕西向导所言都是真的。她原是印度本土人中最高贵种族的一员。帕西人中的大多数都是在印度经营棉花生意，而且做得很大。其中有一个叫作詹姆士·杰吉伯伊的人，是奥达夫人的亲戚，现在住在孟买，被英国政府封了爵位。而她想去投靠的那个香港商人就是这位尊敬的杰吉伯伊伯爵的堂兄。那个亲戚会收留她吗？她也不敢肯定。而福格先生对此则是“无须担心，一切都可以安排好！”的态度，这似乎也是他的口头禅，已经成了他一贯的作风。

奥达夫人听懂这一番话了吗？我们不清楚。她只是瞪大眼睛，盯着福格先生，那双大大的眼睛就如喜马拉雅圣湖里的水一般清澈！只可惜这位难以沟通的绅士，还是和平时一样正襟危坐，一点也没有为这池清水所动。

“仰光号”一直很顺利地向前行驶着，而且天气也对航行有利，再加上又是在被水手们称为“孟加拉怀抱”的海湾——也就是最适合船只航行的海湾航行，所以很快就到了大安达曼岛，这是群岛中最大的岛屿了。岛上风景秀丽，有一座高达两千四百英尺的鞍峰山，航海者即使距离很远也能看见。

船沿着海岛近距离行驶着。岛上的帕普阿斯人一个也没有出现。他们是岛上的一个野蛮部落，也是世界上最不开化的种族，但是关于他们吃人肉的传言纯属造谣，根本不是事实。

从船上欣赏小岛的风光、了解每个小岛的特点，真的是一件非常惬意的事。放眼望去，密集的树林遮天蔽日，起伏的群山威严秀丽。山坡上空飞旋着稀有的金丝燕，据说在中国，它们的窝——燕窝，还是一道稀有的佳肴呢！不过很快安达曼群岛上这些奇异的风光就远离我们的视野，因为“仰光号”已经向狭窄的马六甲海峡进发了，从那里过去就是中国的海域了。

那位阴差阳错地卷入这次旅行的菲克斯侦探，他现在在做什么呢？在他从加尔各答出发之前，曾交代过当地的警方：

“逮捕令一旦寄到，请立刻转寄到香港！”

然后自己就偷偷地上了“仰光号”。他没有让路路通发现自己，他希望可以一直这么藏着，直到邮轮抵达终点为止。不过说实话，他也不知道自己为什么就这样上了船，这很容易引起路路通的怀疑。然而，世事难料啊！他还是和这位正直的小伙子见面了。这又是怎么回事呢？好，我们继续往下看。

现在，菲克斯侦探所有的希望和幻想，就都放在香港了，因为在这次旅行中，这里是英国最后的管辖范围了，也就是说是最后一个有可能凭借逮捕令逮捕菲利亚斯·福格先生的地方。因为出了香港后的其他地方，如中国的内地，日本、美国，都能成为他在逃的栖息之所。而且菲克斯侦探相信逮捕令已经在路上，他如果可以在香港收到的话，那么他就可以不费吹灰之力将福格先生逮捕，然后交给警方。但是一旦出了香港，单凭一张逮捕令是远远不够的，还需要办理引渡证明。到那时拖沓、缓慢、延迟都是不可避免的，困难就会接踵而至，那么这个可恶的窃贼就会有可乘之机，然后逃之夭夭。所以必须在香港抓住他。

“所以，”菲克斯坐在房间里很久了，一直在自言自语，“所以，我一旦收到逮捕令，就立刻拘捕他，如果收不到，那么就必须想方设法拖延他的出发时间。已经在孟买、加尔各答两次失手了，如果在香港再失手，那么我的名誉也就彻底毁啦！这一回，一定得成功！不惜一切代价！可是，必要时该怎样拖住那个该死的福格呢？”

最后，他只好决定孤注一掷了，他要告诉路路通所有的一切，将他主人的真面目揭开给他看，劝他不要成为共犯。到时，路路通听到这个“真相”后，一定会对自己差点成为同党感到特别害怕，然后就会站到自己这一边了。不过，不到万不得已，这步险棋还是不走的好，一旦路路通向他的主人报告一个字，那么就有可能毁了整个行动。

菲克斯侦探真是为难极了，不过当他看到奥达夫人和福格先生一起登上“仰光号”的时候，仿佛看到了一丝新的希望。

这女人是谁？怎么会和福格在一起？他们肯定是在孟买认识的。但是具体在哪儿呢？是偶遇？他这次特意绕道印度，难不成就是为了和她会合？不过，她确实很迷人。在加尔各答的法庭里，他已经见识过她漂亮的外表了。

菲克斯侦探非常惊讶！他想：这会不会是一起拐骗案件啊？是的！一定是！这个念头牢牢地占据了他的脑海。不管她是否已婚，这都是拐骗。这件事一定会给福格带来钱再多也解决不了的问题。

不过，可不能等“仰光号”到香港之后再行动，他总是下了一艘船又直接上另一艘船，说不定还没等自己开始行动福格就已经跑远了。目前最重要的就是在“仰光号”到达香港之前，赶紧通知英国驻香港当局这一切以及轮船到港的时间。还好，船会在新加坡停留一会儿，而新加坡和香港又可以互通电报，这一点自然也就不难办到了！

为了保险起见，菲克斯还是决定在行动前先问一下路路通，因为他了解这个小伙子，他的口风并不紧。这天已经是10月30日了，第二天“仰光号”就会到新加坡，已经没有时间可以再浪费了。于是，他当机立断，决定不再隐瞒自己的行踪。

这天，菲克斯从房间里出来登上甲板，装出一副很吃惊的样子，好像是第一次在船上看到路路通。那时的路路通正在前面散步，菲克斯侦探快走了两步赶上他，说：

“您居然也在‘仰光号’上啊？”

“啊？菲克斯先生，原来您也在啊！”路路通认出了这位“蒙古号”上的旅伴，又惊又喜，“我们在孟买道别，现在居然又一起去香港。怎么？难道您也在做环球旅行吗？”

“不！不！不！”菲克斯侦探急忙否认，“我只是想在香港多住一段时间，大概会有几天吧！”

“啊！”路路通愣了一下，“但是我们从加尔各答出发后，为什么从来没有在船上见过您呢？”

“哦，我只是身体不舒服……有点晕船……所以就一直躺在房间里……孟加拉湾可不如印度洋那么舒服。对了，您的主人菲利亚斯·福格先生最近怎么样啊？”

“他很好啊！身体很棒，旅途也很顺利！连一天也没有耽搁！属于准时进行中。菲克斯先生，您还不知道吧？现在还有一位年轻的夫人和我们同行呢。”

“一位年轻夫人？”菲克斯假装满脸迷茫地说。

路路通听后，果然如菲克斯所期望的那样，讲起了故事。他滔滔不绝地将孟买神庙的遭遇、两千英镑的大象、殉葬的场面、如何智救奥达夫人以及加尔各答的审讯和保释，详尽地讲给菲克斯侦探听。当然，后面的部分菲克斯都是知道的，但是他装得一点也不知道，而路路通却在这位实际上一点兴趣都没有的听众面前，讲得津津有味，使出了浑身解数，力争做到绘声绘色。

“可是，”菲克斯问，“您的主人到底有没有打算把她带回欧洲呢？”

“没有！绝对没有！我们只不过打算把她送到香港她的亲戚那里！”

“唉！看来她是没什么利用价值了！”菲克斯在心底暗想，但是表面上却是尽力抑制住自己的失落，“去喝杯杜松子酒吧！怎么样？”

“非常乐意！真是再好不过了！菲克斯先生，那就去庆祝一下我们在‘仰光号’上的重逢吧！”

从这一天开始，路路通和菲克斯侦探便经常在甲板上碰面，但是这位侦探在他这位朋友面前，说话总是十分小心谨慎，也并不刻意地向路路通套话。至于福格先生，菲克斯侦探只是偶尔在大厅里见过他一两次，他不是在陪着奥达夫人，就是在打着惠斯特牌。

路路通却开始认真地思考起来，这次和菲克斯先生的偶遇，真是有些蹊跷！这位和蔼但又很殷勤的绅士，先是在苏伊士码头不期而遇，然后是在“蒙古号”上，而且也是在孟买下的船，还说会在那里待很长一段时间，现在居然又在“仰光号”上碰到了，并且也是去香港。总之，他总是一步步地紧跟着福格先生，这必须得好好想想了！从一开始的不期而遇到现在，也太过于巧合了吧！这个菲克斯到底想要干什么呢？

“我敢用我这双穆斯林拖鞋打赌，这个菲克斯先生，一定会和我们同一天离开香港，甚至很有可能坐同一艘船！”这双穆斯林拖鞋他可是一直珍藏着呢！

路路通苦思冥想了半天，可怎么也想不出这个菲克斯先生是在执行什么任务！因为他是绝对想不到的，福格先生会被人当成是窃贼然后被人环球跟踪。不过人们总是喜欢给事情找一个合理一些的理由，而路路通也不例外。他忽然想到了很有说服力的理由，这个菲克斯很有可能是改良俱乐部的人派来的！他们想要确定福格先生是不是按照计划环游地球的！

“对！一定是！”可爱的路路通对他的洞察力非常满意，他反复叨念着，“他是间谍，一定是那些绅士派来跟踪我们的。真是没有风度！福格先生是那么诚实、可敬！而你们竟然还派人来跟踪！哦，天呐！改良俱乐部的先生们，那你们可要多多破费了！”

路路通对自己的发现很是得意，不过他打算暂且先不告诉主人，因为如果主人知道了自己如此不被人信任，自尊心一定会很受伤。于是，他决定也捉弄一下菲克斯先生，但是他只能旁敲侧击，不能把话说穿。

10月30日，星期三，下午，“仰光号”驶入了位于马六甲半岛和苏门答腊岛中间的马六甲海峡，小岛上山峰林立、风景宜人，人们纷纷把目光投向小岛，对于大岛反而视而不见。

就在第二天，早上四点，“仰光号”到达了新加坡，比预定的时间提前了半天，准备在这里储备些燃料！

菲利亚斯·福格先生又把这半天记到了时间盈余栏里，不同的是，这次他没有继续待在船上，奥达夫人希望下船去看看，所以他就陪着奥达夫人下了船。

菲克斯侦探对于福格先生的一切行为都非常怀疑，所以便偷偷地跟在后面。路路通看到这一幕，不禁暗自发笑，但是他还是和往常一样购物去了！

新加坡虽然只是一个小岛国，面积不大，也没有什么雄伟壮丽的景色，甚至连高山也没有，但是正是这样一种简单，使得它别有一番风味！在一条漂亮的街道上，奥达夫人和福格先生正坐在一辆精致的马车上，穿行于油亮的棕榈树和美丽的丁香花之间。这些拉车的高头骏马，都是荷兰进口的；而半开的丁香花花苞就是调味用的香料丁香花蕾的原料。在欧洲乡下常见的多刺篱笆没有了，取而代之的，是那一丛丛的胡椒树。高大的椰子树和伸展着巨大叶片的羊齿草，装饰着这幅热带风景图，飘来的青青豆蔻的阵阵浓郁香气也为其添色不少！还有时常成群出现在丛林中的猴子，稍一受到惊吓，就会扮着鬼脸四散逃去。说不定在丛林里还藏着老虎呢！或许有人会感到奇怪，在这样一个小岛上，怎么会有如此凶残的动物呢？那么当地人便会告诉你，是由马六甲海峡游过来的！

奥达夫人和福格先生大概在乡下游玩了两个小时便回来了。实际上福格先生只是随随便便地看了几眼，并没有真正地欣赏风景。城里则到处是一些高大破旧的房屋，不过美丽的果园处处皆是，里面种满了杧果、菠萝以及一些世界上最美味的水果。

十点钟时，他们回到了船上，后面还有不惜一切代价跟着他们坐车兜圈子的菲克斯侦探，而对于菲克斯侦探的跟踪，他们丝毫没有察觉。

此时，路路通已经在“仰光号”的甲板上等着他们了。他买了十多个杧果，个个都像苹果一样大，果皮的外面是深褐色的，里面是亮红色的，而果肉却是白色的，入口即化，对于热爱美食的人来说，这是一种无与伦比的享受。奥达夫人对路路通表达了由衷的感谢，而路路通也表示，可以为她买来如此可口的食物是他的荣幸。

十一点，“仰光号”已经加满了煤，开始向下一站进发！几个小时后，那个森林里住着世界上最美丽的老虎的马六甲海峡已经在人们的视线中消失了。

新加坡和香港相距一千三百海里，香港是中国南海岸的一个小岛，六天之内就可以到达。然后，福格先生就可以再从那里乘坐去横滨（日本一个重要港口）的轮船了。

最近的天气一直不错，可是天快亮的时候却突然变天了。海上巨浪翻滚，狂风大作，不过幸运的是都是东南风，对于航行十分有利。刚一起风，船长就命令船员升起所有的风帆。“仰光号”配有双桅横帆，一般都是鼓起前帆和两个角帆向前行驶，这样在风力和蒸汽的双重作用下，就可以大大地提高船速。但是由于此时风大浪急，船身不停地颠簸，一些乘客已经感到不适！其实这也有一部分船体本身的原因。

由于半岛公司对于来往于中国的轮船，满舱和空舱时对排水量的计算有误，以及防水密封舱的容积也不够，所以在结构上存在着缺陷，抗风浪能力特别差，用航海术语讲就是在海上很容易被“淹没”，每当几个大浪拍过来，船身就会猛烈地颠簸。这和法国的“皇后号”“柬埔寨号”比起来，无论是发动机还是设备的性能或结构，都十分落后。按照工程师的计算，这类船可以承受和自身重量差不多的载重。可实际上，半岛公司的这些船，比如“加尔各答号”“高丽号”和“仰光号”，只要载重超过自身重量的六分之一，就会马上沉入大海。

因此，遇到这种恶劣的天气，轮船只能小心行驶，需要减小马力，低速前进，这样一来，就会浪费很多时间。福格先生似乎没有受到丝毫影响，倒是路路通感到十分恼火，他一一数落着，从船长到工程师再到航运公司，都让他骂了个遍，偶尔想到萨维尔大街的家中还在燃烧着的煤气的时候，他就显得格外烦躁。

“你们急着赶到香港吗？”一天，菲克斯侦探问路路通。

“当然，超级急啊！”路路通回答道。

“那你认为福格先生是赶着去坐开往横滨的船喽？”

“十万火急！”

“那您现在是相信这个异想天开的环球旅行了？”

“当然啊！菲克斯先生，那您呢？”

“我？不信！”

“您还真狡猾！”路路通冲他挤了挤眼。

这句莫名其妙的话，让菲克斯侦探陷入了沉思。他显得十分不安，虽然他还不知道这话代表着什么意思！难道是这个法国人猜到了什么吗？他不知道该怎么去考虑这件事。至于侦探这个身份，也就只有他本人知道啊！路路通怎么会知道呢？不过既然他这么和自己说话，就代表他一定知道些什么！

第二天，这个法国小伙子终究是管不住自己的嘴巴，居然又对菲克斯侦探说了一番更加莫名其妙的话，刺激这个本就疑神疑鬼的侦探。

“喂，”他用一种狡猾的口吻问道，“菲克斯先生，只要一到香港，我们是不是就会把您一个人不幸地留在那儿呢？”

“这个嘛……”菲克斯侦探结结巴巴地说，“我不知道！嗯……可能……”

“噢！”路路通抢过来说，“如果您能一直跟着我们，我会非常高兴的！半岛公司的代理怎么能够在半路就停下来呢？您本来不是也只到孟买，可现在还不是马上就要到中国了嘛！美国也不远了！而美国离欧洲也只不过就是一步之遥嘛！”

菲克斯仔细盯着路路通看，但是路路通的神情是那么友善、招人喜欢。他也就只好笑笑了事。但是路路通兴致高昂，继续问道：

“那您这个职业的报酬是不是很高啊？”

“也是，也不是！”菲克斯侦探面不改色地回答，“有时候会多一点，有时候也会少一点！但是，您要知道，我出来旅行用的可不是公费啊！”

“哦，这个嘛！我当然相信了！”路路通叫道，而且笑得更厉害了。

谈话结束后，菲克斯回到了房间。他苦思冥想，很显然，路路通已经猜到了什么！而且对他有了怀疑！路路通是不是已经识破了自己的侦探身份？那他告诉他的主人了吗？他在这出戏当中到底扮演的是怎样一个角色？是敌是友？难不成自己的计划已经败露了？就这样，菲克斯侦探在极度的不安中度过了几个小时，他一会儿觉得一切都玩完了，一会又觉得福格先生还不知道这件事，到最后也没有想出一个办法来。

他后来还是恢复了冷静，决定向路路通摊牌。如果在香港还是抓不到菲利亚斯·福格先生，而他又准备离开这个英国的最后一块地盘的话，那么菲克斯侦探就应该把这一切告诉路路通。要么他是他主人的同谋，这样他的主人就会知道一切，真是这样就糟了！要么他对他主人的这一切一无所知，那么他至少会为了保全自己而离开他主人的！

这就是菲克斯侦探所推测的他们主仆二人之间的情况。不过，不管侦探怎么琢磨，福格先生还是一如既往地保持着超脱精神，就像是一个凌驾于他们之上的行星，继续冷静地规划着环球计划，完全不受身边这些小行星的干扰。

按照天文学的说法，其实，在福格先生身边倒是有一颗漂亮的干扰天体，那就是奥达夫人。按理说，她本应该在福格先生的心中激起一丝波澜，但是他就是没有感觉。路路通感到十分奇怪，以奥达夫人的魅力来说，怎么可能对福格先生一点作用都没有呢？因为这位年轻夫人产生的干扰，要比天王星运行的情况还要复杂。要知道，正是由于天王星的运行错误，我们才发现了海王星。

是的！这件事每天都在困扰着路路通，他从奥达夫人的眼中可以看出，她对主人是一片深情。当初，菲利亚斯·福格先生只是单纯地想要英雄救美，至于儿女情长，他或许连想都没有想过。对于旅行中可能出现的种种变故，他也是丝毫不担心，倒是路路通总是心神不安的。有一天，他悄悄趴在机房的栏杆上，观察那台功力强劲的机器，每次一有剧烈的颠簸、晃动，螺旋桨推进器就会浮出水面，蒸汽也会从阀门里猛烈地喷出来。看到这一幕，这个正直的小伙子就会异常地愤怒。

“燃料不够啦！这些该死的家伙！”他叫道，“船不走了！你们这帮可恶的英国人！啊！如果坐美国人的船，尽管会颠簸得厉害点，但是至少跑得快啊！”

好不容易撑到了最后的几天，可是天气却变得更糟。风突然增大了，而且风向改成了西北风，轮船只能顶风前进。“仰光号”在风浪中左摇右晃，颠簸得非常厉害。乘客们也对着大风掀起的巨浪怨声不断。

11月3日和4日，这两天轮船遇到了暴风雨，狂风大作，猛烈地拍击着海面。“仰光号”不得不降下了所有的帆，并把螺旋桨推进器的转速保持在十转，整个半天都是这样顶着海浪倾斜着前进。虽然帆都收起来了，但是船上的其他装置还是被狂风吹得呼呼作响。

人们可以明显地感觉到船速变慢了，照这样的速度下去，到达香港的时间就会比规定的时间晚二十多个小时，如果暴风雨不停，还会更晚。

菲利亚斯·福格先生像往日一样沉着，静静地看着怒吼的大海，它就好像是在故意和福格先生作对。晚二十四小时就意味着福格先生会赶不上开往横滨的轮船，会打乱他所有的计划，但是福格先生对此没有表现出半点的担心和忧虑，脸上也没有一丝愁云，似乎这场暴风雨是在他的计划之内的。即便是奥达夫人和他谈起这次的坏天气，他也是和平时一样镇定自若。

菲克斯对这件事却有着不同的看法，他和大家的想法完全相反。这场暴风雨甚至让他欣喜若狂。如果现在“仰光号”再来一个“好消息”，例如不得不躲进避风港，那么菲克斯侦探一定会高兴得疯掉！总之，任何的拖延都会使侦探兴奋，因为这样的话，福格先生就不得不在香港多待几天了。这种狂风巨浪的恶劣天气是在助他一臂之力啊！虽然他现在有些晕船，可是那又算得了什么呢！身体上虽然必须得忍受晕船的难受、恶心、呕吐、头晕什么的，但他在精神上是无比快乐和兴奋的！

至于路路通，可以想象，在这段难熬的时间里，他该有多么气愤啊！在这之前，无论是在陆地还是在海上，一切进展得是多么顺利啊！似乎是专为福格先生安排的一样！所有的火车、轮船也都是在服从福格先生的安排！就连风和发动机也是一起联手服务于福格先生！此刻的路路通痛不欲生，就好像这两万英镑是由他来付一样。暴风雨惹怒了他，大海的巨浪让他万分恼火，他恨不得把它们揪出来痛扁一顿！唉！可怜的路路通啊！在路路通的面前，菲克斯极力掩饰着自己的喜悦心情。他这样做真是没错，如果让路路通知道他现在正在偷着乐，他肯定会吃不了兜着走!

在这场暴风雨中，路路通一直站在甲板上，他在下面实在是待不下去了。而且让人吃惊的是，他就像猴子一样，迅速而敏捷地爬上桅杆，帮助水手们做这做那！他还会不断地向船长、领班和水手们提出各种各样的问题。最常问的就是风雨还会持续多久？开始大家都很耐心地回答他，但是后来就都成了一句话："自己去看看晴雨表吧！"但是晴雨表上面的数字连一点升高的迹象都没有。心急如焚的路路通于是开始对表进行疯狂的折磨，拼命摇，拼命晃，甚至还不断大声地骂这块无辜的表，但是一切都是徒劳。

11月4日，暴风雨终于停了，海面的情况也有所好转，风向也转成了南风，轮船又继续顺风前进了。

路路通的心情也随之大好。收起的帆又重新升起，船身也鼓足了动力，向前飞速驶去。不过耽误的时间一时还无法弥补。现在必须再想个办法，预计船会在11月6日早上五点左右才能靠岸，而福格先生的原定计划是在5日，晚了整整二十四个小时，去横滨的船肯定是赶不上了。

早晨六点，引航员登上了"仰光号"，准备指挥它驶入香港港口。

路路通迫切地想去问一问这个人，去横滨的船是否已经离开香港。但是他又不敢，宁愿把最后的一丝希望留到最后一刻！路路通把自己的担忧告诉了菲克斯侦探，可是这只老狐狸却安慰他说："还可以坐下一班船嘛！"这话顿时让路路通火冒三丈。

虽然路路通没敢去问，但是福格先生去问了。他仔细地查阅完旅行指南后，平静地问引航员：

"请问，从香港开往横滨的船，什么时候出发啊？"

"明天早上涨潮的时候！"引航员答道。

"噢！"福格先生一点也不吃惊。

此时，路路通也在现场，他开心得甚至想过去拥抱一下那个引航员，可是同样站在旁边的菲克斯侦探却有一种想掐死他的冲动。

"那艘船叫什么名字？"

"'卡尔纳蒂克号'！"

"什么？它不是应该昨天出发的吗？"

"是的！不过因为船上的一个锅炉需要立即修理，所以不得不推迟到明天再出发。"

"谢谢您！"说完，福格先生又不紧不慢地踱着步子，回到了"仰光号"的大厅。

路路通紧紧地握住引航员的手说：

“引航员先生，您真是个大好人啊！”

这句话倒把引航员给弄得一头雾水，他永远也不会明白，为什么自己的简单回答会带来别人如此大的快乐。

一点钟，“仰光号”靠岸了，旅客们纷纷从船上走下来。

不得不说，这个意外简直就是特意为福格先生而发生的！要不是因为修锅炉，“卡尔纳蒂克号”早在11月5日就出发了，那么若想再乘下一班船去横滨，就得再等一周！福格先生的确是耽误了二十四小时，可是这对他毫无影响。

而且，从横滨到旧金山的轮船和这艘船是紧密相接的，这艘船不到，它也不会出发。这耽误的二十四小时，还可以很容易地在穿越太平洋的二十二天里找回来。福格先生算了一下，这样的话，在从伦敦出发后的三十五天里，除了这二十四小时，其他时间还是在按照他的计划进行的。

“卡尔纳蒂克号”在第二天早上五点才出发，也就是说，福格先生还有十六个小时可以去办自己的事情——安置奥达夫人。福格先生挽着奥达夫人下了船，走到一个轿子前，问了一下这附近有什么旅馆。轿夫向他推荐了一家俱乐部大酒店，于是他们便一起赶往那里，路路通紧随其后，大约二十分钟就到了。

福格先生帮奥达夫人订了一个套间，安排好一切后告诉她现在就去帮她寻找亲戚，然后再叫她的亲戚把她留在香港。之后还吩咐路路通留下来陪她，一直到他回来为止，以免奥达夫人感到孤单。

于是，福格先生赶到了证券交易所，那里应该会有人认识大名鼎鼎的杰吉伯伊富商，他可是这城里最富有的商人啊！

福格先生向一个经纪人打听这位杰吉伯伊富商，幸运的是，这个经纪人确实知道这位来自帕西的商人。但是，经纪人听说他两年前就已经不住在中国了，当时他赚了好多钱，便去了欧洲，据说是去了荷兰，因为他之前做生意的时候就和荷兰的商人来往密切。

福格先生只好回到酒店，直接去找奥达夫人，告诉她杰吉伯伊先生已经不在香港了，很可能是去了荷兰。

奥达夫人听了之后，先是什么也没说，后来她用手摸了摸额头，想了想，轻轻地问道：

“福格先生，那我该怎么办呢？”

“没关系，很简单！”菲利亚斯·福格先生回答道，“回欧洲吧！”

“可是我不能总是麻烦……”

“一点也不麻烦！您一点也没有影响到我的旅行计划……路路通！”

“先生，有什么事吗？”

“去‘卡尔纳蒂克号’上订三个舱室！”

路路通立刻跑出了俱乐部大酒店，他很高兴这位奥达夫人可以继续和他们一起旅行，因为她对自己一直特别好。

1842年在《南京条约》里，中国政府被迫把香港割让给了英国。在这几年里，英国殖民者把它变成了一个对他们来说很重要的城市，还在此修建了维多利亚港口。这里的船坞、医院、码头、货栈以及哥特式的教堂、总督府，铺着碎石的街道，都会使人想到英国的肯特郡，或者是索莱郡的一座商业城。它们就好像是穿越了半个地球，出现在了地球另一端的小岛上。

路路通双手插兜，悠闲地朝维多利亚港口走去。他边走边看，这里有当时中国流行的轿子、插着旗子的独轮车，还有熙熙攘攘的人群，有中国人、日本人以及欧洲人。他觉得这里和他经过的孟买、加尔各答、新加坡没什么区别，就好像是一个遍布世界的英国城市系列。

到了维多利亚港，由于这里是珠江入海口，密密麻麻地停着各国的船只，有英国、法国、美国、荷兰等等的船只。连船也是五花八门的，有战舰、小艇、帆船、舢板、邮船，甚至还有花船！它们组成了一个漂亮的水上花园！

路路通看到当地很多年纪大的老人都穿着黄衣服，留着漂亮的长胡子。于是他走进了一家店，希望顺便可以把自己的胡子弄成中国式的！自以为英文讲得非常好的师傅和他闲聊时告诉他，黄色是帝王的象征，只有到了八十岁之后，才有权利穿上黄色的衣服。不过，路路通只觉得这很好笑。

理好胡子后，路路通来到了“卡尔纳蒂克号”停靠的码头。正好看到菲克斯在那里来回踱步，看上去一副失望透顶的样子，但是对此他一点也不惊讶。

“太好啦！”路路通自言自语道，“一定是改良俱乐部的那些绅士不高兴了！”

之后，路路通笑盈盈地走过去和菲克斯攀谈，还假装没看见他发愁的样子。

菲克斯确实有理由为自己的倒霉运气而生气。他到现在都还没有收到逮捕令！逮捕令肯定会晚几天才到，他必须在这里等着。但是香港是最后一个英国管辖的地区了，如果在这里还抓不到他，那他就会逍遥法外了。

“嗨，菲克斯先生！您是不是已经决定和我们一起去美国了呢？”路路通问道。

“是！”菲克斯侦探咬牙切齿地说。

“太好啦！”路路通故意大声嚷道，还故意笑得很大声，“我就知道，您肯定会和我们一起离开的。那我们快去订个位子吧！快来啊！”

在售票处买了四张票后，售票员告诉他们：

“‘卡尔纳蒂克号’的锅炉已经修好了，今天晚上八点就会开船，不是原来通知的明天了。”

“太好了！”路路通兴奋地叫道，“这样对福格先生更有利了，我要马上告诉他。”

此时，菲克斯决定豁出去了，要把这一切都告诉路路通。于是他邀请路路通到一个小酒馆喝酒，就在码头附近。小酒馆的外观很吸引人，大厅也装潢得不错！最里面还设有一个通铺，上面放着垫子，正有几个人在那上面躺着呢！他们的嘴里正抽着一种陶制的长烟枪，里面是玫瑰精油和鸦片的混合物。

菲克斯和路路通这才反应过来，原来这是一间大烟馆。里面是一群神情呆滞麻木、面黄肌瘦、愚昧无知的大烟鬼。这群唯利是图的英国商人，每年向这些烟馆出售高达两亿六千法郎的毒品——鸦片，靠人类最可憎的恶习赚来的这数亿法郎，是多么令人不齿啊！

中国政府也曾颁布法令试图禁止鸦片的传播，但是效果并不大，开始时是富人吸，后来又流传到底层的人民，这之后便一发不可收拾了！吸食者一旦上瘾，便再也无法摆脱，最轻的反应就是胃痉挛，吸得最凶的烟鬼，一天要抽八大支烟枪，这样的人五年内就会死去。

而菲克斯侦探和路路通无意走进的这间烟馆，这只是香港不计其数的烟馆中的一间。在香港这样的烟馆遍地都是。

他们要了两瓶波尔图葡萄酒，路路通立刻开怀畅饮起来。但是菲克斯侦探十分谨慎，聚精会神地在旁边观察着他的同伴。两个人东拉西扯了半天之后，谈到了“卡尔纳蒂克号”。当说到它会提前几小时出发时，路路通立刻将手中的酒一饮而尽，站起身，想赶快回去把这个好消息告诉主人。

“等等！”菲克斯立刻拉住了他，脱口而出。

“嗯？菲克斯先生，还有什么事吗？”

“我有一件很严重的事情要告诉你！”

“很严肃的事？”路路通回应着，同时把瓶底最后的几滴酒喝完，接着说，“好吧！那我们明天再说，今天我还有事！”

“坐下!”菲克斯提高了嗓门，“这事和你的主人有关系。”

听到这话，路路通仔细地看了看菲克斯——他的表情有些古怪。于是路路通又重新坐了下来。

“你到底想跟我说什么？”路路通问道。

“想必您已经猜到我是谁了吧！”

“那是当然！”路路通下意识地笑了笑。

“好，那我就把一切都告诉您！”

“朋友！其实我现在什么都知道了！嗯，这没什么！不过既然您想说，那就说吧！但我想告诉您的是，那些绅士的钱可能是要白花了！”

“钱？白花？”菲克斯叫道，“您在瞎说什么啊？您根本就不知道那笔钱的数目有多大！”

“不，我当然知道！”路路通回答道，“两万英镑嘛！”

“是五万五千英镑！”菲克斯侦探握紧了路路通的手，说道。

“什么？”路路通惊叫道，“五……万……五千英镑！福格先生可真是够胆大的！……那这样就更加一分钟都不能耽误了。”说完他立刻又站起身来，想要走。

“五万五千英镑啊！”菲克斯一把将路路通按到了座位上，然后又加了一瓶白兰地，接着说，“如果我成功的话，就会得到两千英镑的奖金！您想不想得到五百英镑啊？但条件是帮助我。”

“帮您？”路路通瞪大了眼睛，有些搞不清楚。

“对，只要你帮我把福格先生拖在香港，让他在这多待几天！”

“哦！”路路通随声应和着，但是等他反应过来后，大叫道，“什么？您说什么？那帮绅士不光怀疑福格先生的诚信，派人跟踪他，竟然还想要给他制造麻烦！我真为他们感到羞愧！”

“什么啊？您到底在说什么？”菲克斯侦探不解地问。

“我是说你们太卑鄙啦！不仅要脱光他的衣服，还要抢走他的钱！”

“对，我们就是要这样！”

“这根本就是个陷阱！”路路通激动地嚷嚷起来。菲克斯侦探给他灌的白兰地似乎在起作用了，他不知道自己喝了多少，好像不知不觉就喝多了，“一个大陷阱！这就是所谓的绅士、牌友！”

菲克斯开始感到有些糊涂了。

“这些牌友们！”路路通继续嚷嚷道，“改良俱乐部的先生们！您是知道的，福格先生可是一个很正派的人，他绝对会规规矩矩、正大光明地赢。”

“天啊！你到底是把我当成谁了？”菲克斯盯着路路通，问道。

“我当然知道你的身份！你不就是改良俱乐部的那帮家伙派来监视福格先生行踪的嘛！这真是太卑鄙了！其实我早就猜到你的身份了，只是我一直没告诉福格先生罢了！”

“他什么都不知道吗？”菲克斯急切地问。

“不知道！一点都不知道！”路路通又喝光了杯子里的酒。

菲克斯侦探摸了摸头，开始犹豫了。现在他该怎么办呢？看来的确是路路通搞错了，但是这样的话，他的计划就更难实施了。显然这个小伙子说的都是实话，他绝对不是菲利亚斯·福格的同党！这曾是菲克斯侦探最担心的事！

“好吧！”菲克斯自言自语道，“既然他不是菲利亚斯·福格的同党，那么他就会帮我！”菲克斯再次下了决心，更何况他已经没有时间了，他要不惜一切代价，必须把福格先生拖在香港。

“听着！”菲克斯侦探清楚简练地对路路通说，“您听好了，我不是您想象的那种人，我也不是改良俱乐部里的人……”

“哈！”路路通面带嘲讽，看了一眼菲克斯。

“我是一名侦探，受首都警署派遣，特地来执行一个任务……”

“您是……侦探？！……”

“没错。有证明可以给你看！”菲克斯从钱包里掏出了一张纸，“这是我的任命书！”

真的是由首都警署署长签发的任命书！路路通一下子惊呆了，使劲盯着菲克斯，一个字也说不出来。

“福格先生所说的打赌，”菲克斯又接着说，“只不过是个借口罢了！您和改良俱乐部的绅士们都被骗了，他在不知不觉中，已经把你们都变成了他的同谋！”

“可这都是为了什么呢？”路路通大声地叫了起来。

“听着！9月28日，在英国国家银行发生了一起盗窃案，被盗的现金高达五万五千英镑。现在警方已经掌握了那个窃贼的外貌特征，而那个窃贼的外貌特征和福格先生的一模一样。”

“那又怎么样！”路路通攥紧了拳头，狠狠地砸向桌子，“绝对不可能，福格先生是这个世界上最正直的人！”

“您怎么知道他不是窃贼呢？”菲克斯反问道，“您之前甚至都不认识他！您是在出发的前一天才被雇用的。

他当时只找了这么一个荒谬的借口，就急急忙忙地出发了，甚至连行李都不带，只带了一大包的钞票！难道这样，您还觉得他很正直吗？”

“就是，他就是！”这个被人说得可怜巴巴的小伙子干巴巴地重复着。

“这么说，您是想被当作他的同伙抓起来吗？”

路路通已经完全糊涂了！他痛苦地用双手抱着头，不敢去看侦探。菲利亚斯·福格先生居然是一个盗贼！那个冒险救人，既慷慨又勇敢的人，竟然是个盗贼！但是现在，一切和银行盗窃案有关的迹象都指向了福格先生，所有的推断都对他不利！路路通努力将这些怀疑驱逐出自己的大脑，他不愿相信福格先生有罪。

“那您到底想让我怎么办？”他鼓足勇气问道。

“您看，”菲克斯回答道，“我一路跟踪福格先生到这里，之前已经向伦敦警方申请了逮捕令，只是现在还没有寄到。您只需要帮我把福格先生留在香港……”

“我？我……”

“我会把英国国家银行承诺的那两千英镑，分给你一半。”

“绝对不行！”路路通试图站起来，可是他忽然大脑一片空白，浑身瘫软无力，不得不又坐了下来。

“菲克斯先生，”路路通结结巴巴地说，“即使您刚才说的都是真的，即使福格先生真的是您要抓的贼……可是我还是不会背叛他的……我不会的。因为我始终觉得，他是一个慷慨、善良的好人……背叛……主人……绝对……不行，哪怕是把世界上所有的金子都给我，那也不行……我可不是这么容易就被收买的人！”

“你不答应，是吗？”

“决不答应！”

“好吧！那就当我什么也没说！”菲克斯说道，“我们继续喝酒吧！”

“好！喝酒！”

路路通醉得越来越厉害了，因为菲克斯故意想把他灌醉，这样才能让他们主仆二人分开。这时，他发现桌子上有几支大烟枪，于是他随手抓起一支，塞到了路路通的手里。路路通拿到后直接就放到了嘴里吸着，吐出几口烟雾后，他的神智马上就被毒品搞得麻木了，一会儿便失去了知觉倒在地上。

“好了，这下就不会有人把‘卡尔纳蒂克号’的开船时间告诉福格先生了。即便他真的知道了，他也没办法带上这个该死的法国人一起走的！”

然后，侦探就扔下路路通结了账走了。

就在菲克斯在小酒馆里设计把路路通灌醉，以便拖住福格先生的同时，一无所知的菲利亚斯·福格先生，正在陪着奥达夫人散步。自从奥达夫人答应随他一起去欧洲后，他就不得不仔细考虑一下，在这漫长旅途中的各种细节。像他这样的男人，只拎着一个包就可以去环球旅行了，但是让一个女人也这样是绝对不行的！所以他必须得为她准备足够的衣物和必需品。福格先生以一贯的冷静打点好了一切，奥达夫人感觉非常不好意思，一再地向他致谢，表达自己的感激之情。但是福格先生总是说：

“这也是为了我的旅行！一切也都是在计划之中的！”

他们买完东西，回到酒店享用了一顿丰盛的晚宴后，奥达夫人觉得有些累了，便按照英国人的礼节，和福格先生握手道别，然后回了自己的房间。

这个晚上，福格先生一直都在研读《泰晤士报》《伦敦新闻画报》。他不是一个多虑的人，所以直到睡觉的时候也没有发现路路通不见了。因为他知道第二天早上“卡尔纳蒂克号”才会出发，所以他就不会有多余的担心。可是等到第二天早上，他按铃去叫路路通，却没见到他。

虽然不知道福格先生得知路路通彻夜未归时是什么心情，但是之后他便自己拿上了包，派别人去雇了顶轿子，带上收拾好的行李，然后叫上奥达夫人，去了码头。

他们到码头时刚好是早上五点钟，可是，直到此时福格先生才知道，“卡尔纳蒂克号”早在昨天晚上就已经开走了！

福格先生原以为会在码头看到轮船和他的仆人，结果什么也没有看到。但是在他的脸上看不到一点失望的神情，而奥达夫人却十分担心地看着他。

“没关系，这只是个意外！”福格先生对奥达夫人说。

这时，一个已经在旁边观察他许久的人，向他走了过来，那就是菲克斯侦探。他主动向福格先生打了声招呼，

“您好，先生，您是不是也和我一样，昨天坐‘仰光号’来的香港？”

“是的，”福格冷冷地说，“但是，先生，我并不认识你……”

“恕我冒昧，我以为可以在这儿看到您的仆人！”

“那您知道他去哪里了吗？”奥达夫人急切地问。

“嗯？什么？”菲克斯假装出一副很吃惊的样子，“他没有和你们在一起吗？”

“没有，”奥达夫人回答，“从昨天开始，我们就没

有见过他了。难道他一个人上了‘卡尔纳蒂克号’吗？”

“他一个人？”菲克斯继续假装着，“不好意思，请问你们也是打算坐这艘船吗？”

“是的！”

“我也是！您就看我有多失望吧！检修完毕后，居然什么也没通知，昨天晚上就走了，提前了十二个小时。唉！看来得等到八天后，坐下一班船了。”

当菲克斯在说“八天”这两个字时，他感觉到自己的心底在狂喜。八天啊！福格先生还会在香港待八天！这下子自己有足够的时间等逮捕令了，机会终于来了！好运终于降临了！

不过，福格先生突然平静地说了一句话，这句话好像当头一棒，将菲克斯又打回了地狱。

“我觉得除了‘卡尔纳蒂克号’之外，一定还会有别的船！”

说完，福格先生让奥达夫人挽着自己的胳膊，再次向码头走去，打算再去找一条船。

菲克斯顿时目瞪口呆，失魂落魄地跟在福格先生后面，好像被一根无形的线牵着一样。

这可真是风水轮流转啊！福格先生在码头整整找了三个小时，没有一艘是去横滨的，甚至连打算出海的船都没有，那些船都在忙着卸货，想租一条直接去也不行。

菲克斯的心底重新燃起了希望。

福格先生却毫不慌乱，继续找着船，甚至还想到澳门去找。正在这时，一个船员走了过来，

“先生，您是在找船吗？”他脱下帽子问道。

“您有可以马上就开的船吗？”福格先生立刻问道。

“有，四十三号引水船，是船队里最好的船了！”

“那性能好吗？”

“时速大概八九海里，行吗？”

“可以！”

“您一定会很满意的！请问您是准备出海玩吗？”

“不，是旅行。”

“旅行？”

“您能把我送到横滨吗？”

一听这话，船员的眼睛瞪大了，手也忍不住地发抖。

“您是在开玩笑吧！”

“不是，因为没有赶上‘卡尔纳蒂克号’，但是我必须在14日赶到横滨，去乘那艘开往旧金山的轮船。”

“真抱歉！”船员摇了摇头说，“这真的不可能！”

“我可以每天付您一百英镑，如果准时到达的话，我再多给两百英镑的奖金。”

“此话当真？”

“当真！”福格先生肯定地说。

船员退到一旁，凝视着大海，他的内心激烈地斗争着，他既想挣一大笔钱，又担心遥远的路途上会出现重重的危险。菲克斯此时也是担心得要死。

这时，福格先生转过身，问身后的奥达夫人说：

“夫人，你不会害怕吧？”

“福格先生，只要和您在一起，我什么都不害怕！”

船员走了回来，两只手来回地摸着帽子。

“水手先生，您考虑得怎么样了？”

“这个嘛，”水手犹犹豫豫地回答道，“先生，我不能让我的水手、我自己和您的生命去冒险，这艘船还不到二十吨，在这样的季节进行长途旅行，实在是太冒险了。而且，我们也不可能准时到达，香港和横滨相距一千六百五十海里呢！”

“只有一千六百海里！”

“都一样！”

菲克斯长长地舒了口气。

“不过，或许有其他办法！”

“什么办法？”福格先生问。而菲克斯一听这话，又紧张得快要窒息了！

“我们可以去日本最南端的长崎，这段航程只有一千一百海里，或者去上海，而这段只有八百海里，还不用离开中国的海岸线，这样对航行更有利，再加上海水是向北流的，也就是说我们可以顺水航行。”

“水手先生，”福格先生说道，“我是要从横滨坐船去美国，不是上海，更不是什么长崎！”

“为什么不去呢？”海员说，“去旧金山的轮船也不是从横滨发的船啊！它只是在横滨和长崎停靠罢了！始发港在上海。”

“你确定？”

“当然！”

“那什么时候从上海发船？”

“11日晚上七点，我们还有四天时间。也就是九十六小时，我们每小时平均可以行驶八海里，运气好的话，碰到一直刮东南风，海面又无大浪，那就一定会准时到的！”

“那你们最快什么时候可以出发？”

“一个小时后！我们必须去买些吃的，做好准备。”

“好，一言为定……那您是船主吗？”

“我是，我叫约翰·邦斯比，‘坦卡戴尔号’的船主！”

“那我需要先付定金吗？”

“如果您愿意的话！”

“这里是两百英镑……先生，”福格先生转过去，问菲克斯侦探，“您愿意和我们一块去吗？”

“当然！先生，我求之不得！”

“好的，那我们半小时后上船！”

“可是，还有可怜的……”奥达夫人迟疑地说。路路通的失踪使奥达夫人非常担心。

“我会尽力替他安排好的！”福格先生说。

当惴惴不安的菲克斯满怀愤怒走上这条船的时候，福格先生和奥达夫人来到了香港警察局。菲利亚斯·福格先生将路路通的外貌特征仔细地描绘给警察，并留下了一笔足够路路通回国用的钱。然后又去了法国领事馆，办了同样的手续。之后他就去酒店拿上行李，回到了码头。

“坦卡戴尔号”是一艘十分漂亮的双桅小船，船头很尖，但是船身轻巧，在水中显得相当修长，像是一条赛艇，船身上镀了一层锌，甲板白得像象牙，可见约翰·邦斯比船主多么用心地在保养这艘船。船上两根桅杆稍向后倾斜，还有后桅帆、前桅帆、前桅支索帆、三角帆以及顶帆，如果顺风的话，这些帆就会派上大用场了，可以帮助船只快速地航行，事实上，这艘船确实多次在引水船比赛中获奖!

船上还有四名勇敢的水手，无论天气多么恶劣，他们都敢出海寻找船只，对大海也是非常熟悉。约翰·邦斯比船长是一个四十五岁左右的中年人，体格健壮、皮肤黝黑、身形敏捷、精力充沛、目光炯炯、业务过硬，胆子再小的人也会信任他。

福格先生和奥达夫人上了船，而菲克斯侦探早已经在船上了。他们由后面一个方方正正的入口来到了船舱。舱壁向内凹陷出一个个铺位，下边放着凳子，船舱的中间还放着一张桌子，顶上挂着一盏煤油灯，照亮了整个屋子。虽然空间不大，但是十分干净。

“我很抱歉，不能为您提供更好的条件了！”福格先生对菲克斯侦探说道。

菲克斯并没有说什么，只是点了点头。在受到福格先生如此的礼遇之后，他感到有些惭愧。

“毫无疑问，”他安慰自己道，“这是个彬彬有礼的坏蛋，但也是坏蛋！”

三点十分，马上就要开船了，福格先生和奥达夫人最后又向码头望了一眼，但还是没有路路通的影子。

只听约翰船长一声令下，“坦卡戴尔号”鼓足前后桅帆和三角帆，迅速向大海驶去。

尽管风险极大，但是看在福格先生开出的天价报酬的分上，约翰船长对他的“坦卡戴尔号”也是信心满满，他甚至相信自己的船可以像一只身形矫健的海鸥一样穿行于风口浪尖。

当天傍晚，“坦卡戴尔号”顺利地驶过了复杂的香港海域。然后，“坦卡戴尔号”继续开足马力，借助风力，使自己的速度快得惊人。

“船长先生，”船刚一驶进深海，福格先生就对船长说，“应该不用我提醒您要开快点了吧！”

“尊敬的先生，您放心吧！所有能打开的帆都已经打开了，已经不能再快了！如果顶帆再打开的话，只会损坏船只，降低船速。”

“好的！您是内行，我相信您。”

福格先生笔直地站着，双腿微微分开，像个水手一样稳如泰山，静静地看着波涛翻滚的大海。奥达夫人也坐在船头，凝视着暮色中的大海，一想到自己要乘着这样一艘小船，穿行于浩瀚的大海中间，她就会不由地心跳加速。她上方的白帆随风伸展，就像是巨大鸟儿的双翼直插云霄。帆被海风吹得鼓鼓的，船儿就好似飞翔在天空中一般！

夜幕降临，船长点燃了示航灯，因为来往船只频繁，他们的船速太快了，一点小摩擦都会造成桅杆折断，所以这是必要的预防措施。

菲克斯则一直在船头沉思，他接受了福格先生的恩惠后，便不愿意再和他说话。而且他要考虑接下来的行动，他肯定福格先生不会在横滨停下，而是会立刻赶往旧金山。到了美国，他就可以在那片辽阔的土地安身了。在他看来，福格先生的计划就是如此简单。而他之所以要绕四分之三个地球逃往美国，只不过是想甩掉警察罢了。但是一旦到了美国呢？自己就要放弃吗？不，绝不！他会寸步不离地继续跟着他，直到拿到引渡证明后就可以名正言顺地逮捕他，因为这是他的任务。而且现在路路通不在他身边了，这也算是一点进展吧！

菲利亚斯·福格先生此刻也正在想着离奇失踪的路路通，他思虑再三，觉得路路通可能最后会误打误撞上了“卡尔纳蒂克号”。奥达夫人也是这么认为的，她非常感谢这位法国小伙子，因此对他的失踪很是难过。

十点，起风了，此时若是降下帆会比较安全，但是船长仔细观察后决定继续扬帆前进。“坦卡戴尔号”的帆质量非常好，船吃水也深，所以即使暴风雨来临也能继续快速前进。

晚上十二点，福格先生和奥达夫人去船舱休息了，菲克斯也早已下来，只有船长和水手们整晚都在甲板上。

第二天，也就是11月8日，太阳出来时，船已经航行了一百多海里了。海风把船帆吹得鼓鼓的，使船的时速一直保持在八到九海里。如果风力一直这么强劲，那可就真是太幸运了。

这段时间，“坦卡戴尔号”一直都是近海顺流行驶，风从陆地吹来，海面非常平静，对航行十分有利。将近中午的时候，风力减弱了，但是东南风的风向没有变，所以船长让水手们升起了顶帆。可是不到两点，风力又增大了，所以不得不把它降下来。

幸运的是，福格先生和奥达夫人并不晕船，而且胃口很好，正在津津有味地吃着之前买的饼干和罐头，而且他们还邀请菲克斯先生一起进餐。虽然菲克斯并不想吃，但是他总得填饱肚子，所以他的心里也是十分不痛快。他想：白搭人家的船，还吃人家的饭，也太不道德了！但是最终他还是吃了点——只吃了一点点。是的，只有一点点。不过那也是吃了！

吃过饭，他把福格先生拉到一边，轻声说：

“先生……”

这句“先生”似乎要把他的嘴唇和舌头割破，他努力克制着自己，不要一把抓住福格先生的领子。

“先生，很感谢您让我搭乘这条船，虽然我并不如您手头那么宽裕，但是该我付的那一份，我还是要给您……”

“先生，我们不要谈这件事了！”福格先生回答道。

“不，我必须……”

“真的不用，”福格先生以一种不容反驳的口气说，“这些开销都在我的预算之内！”

菲克斯也只好算了，但是他更觉得憋屈了，于是径直走到船头，躺了下来，一天也没有说话。

船仍在快速前进，约翰·邦斯比船长信心十足，而且总是会对福格先生说，他们一定会准时到上海的。福格先生对这一点也很确信。所谓重赏之下必有勇夫嘛！船上的每一位水手也都表现出极大的热情：绳索都系得紧紧的！帆都绑得牢牢的！掌舵者将船控制得稳稳的！就算是在皇家俱乐部的船上，都找不到如此敬业的水手。

晚上，测程仪显示他们已经离开香港二百二十海里了。这样看来，福格先生一定可以按原定日期到达横滨。那么，这次从伦敦出发后的第一次严重意外，看来也不会造成什么影响！

黎明前的几小时，“坦卡戴尔号”越过了北回归线，进入台湾海峡。这里的海面到处是逆流形成的旋涡，航行变得十分艰难，湍急的浪花总是阻止他们前进，人在甲板上要想站稳都很难。

天亮时，风更大了。气压计不规律地变化着，水银柱不停地升降，显然是要变天了。天空中似乎在酝酿着一场暴风雨，夜晚降临时，太阳被一片红霞笼罩着，慢慢隐没在波光粼粼的海面上。

船长观察着恶劣的天气，嘴里念叨着一些让人听不懂的话，然后突然转向身后的福格先生低声地问：

"我能告诉您这一切吗？"

"您请直说！"福格先生回答道

"我们会遇上一场狂风。"

"是北风还是南风？"

"南风，会是一场台风。"

"南风还好吧！正好可以推我们一把！"

"好吧！如果您这么认为的话，我无话可说。"

约翰船长的预感一点没错。根据气象专家的研究，夏季，台风如闪电一般迅猛呼啸而过，而在冬季却要持久猛烈得多。船长让船员绑紧了所有的帆，卸下了帆架，撤下顶帆，收回弦杆。之后关好所有舱口，防止水渗进去。船上只剩下一个三角帆还在工作，代替船头的大帆，以便利用后面吹来的风继续前进。

约翰·邦斯比让福格先生他们待在船舱，但是由于船舱狭小，氧气不足，而且船总会摇晃，关在里边实在难受，所以大家都不愿离开甲板。

快八点时，大浪夹着暴雨打在甲板上，“坦卡戴尔号”只靠着一张三角帆前进，就如同一片羽毛一样在大海中飘摇。呼啸的狂风难以形容，简直比开足四倍马力的火车还要快！

整整一天，小船就这样被风浪夹击着，以和波浪一样的速度向北行驶着，虽然曾不止一次地被山一样高的巨浪几乎吞噬，但总能在船长灵活的控制下化险为夷。浪花劈头盖脸地向乘客们打来的时候，他们也会泰然处之。而菲克斯侦探却有些抱怨，但是勇敢的奥达夫人一直凝望着镇定的福格先生，崇敬之情油然而生，她愿意站在他的身边一起和暴风雨做抗争。

“坦卡戴尔号”一直倔强地向北前进着，但是到了傍晚，一直让人担心的事还是发生了，风向逆转变成了西北风。船舷开始贴在浪尖上前行，而且剧烈地颠簸起来。恶狠狠的海浪一直拍打着小船，这样的情况下，也不知道小船经不经受得住！暴风雨越来越猛烈了，天越来越黑。面对来势汹汹的风暴，约翰·邦斯比忧心忡忡，他在想是不是应该避一避，于是他去问了问船员。

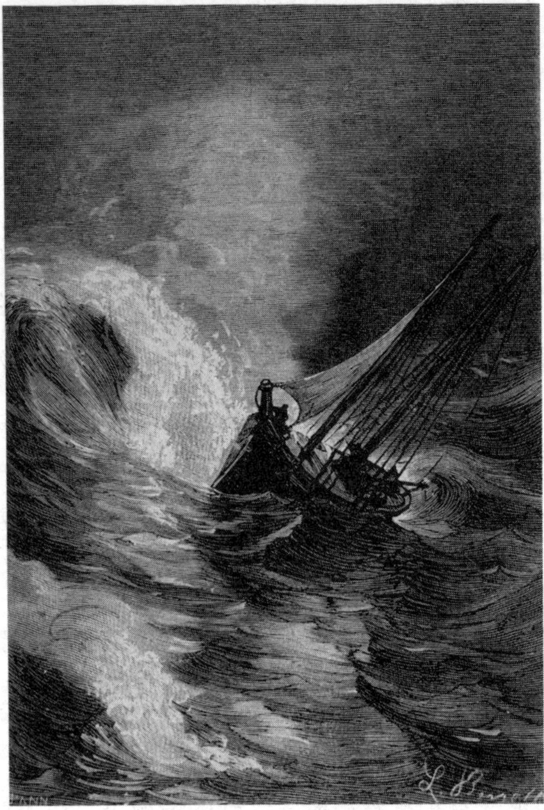

商量之后，他找到福格先生。

“先生，我认为我们最好先在附近找个港口避避。”

“我也这么认为。”福格先生回答道。

“嗯，”船长又问，“但是去哪个港口呢？”

“我知道一个！”

“是……”

“上海！”

船长听到后愣了，不知道福格先生葫芦里到底卖的是什么药！不过他马上就醒悟过来：

“是的，您说的对！我们就去上海！”

原来，福格先生的这句话中蕴含了巨大的决心和毅力。于是，“坦卡戴尔号”继续不屈不挠地向北驶去。

真是可怕的一夜啊！小船在经历长时间的狂风暴雨之后，居然继续航行于大海之上，真是个奇迹啊！有两次小船甚至已经被大浪吞没了，如果不是缆绳把东西给捆牢了，船上的所有船具早就被卷走了！奥达夫人早就筋疲力尽了，但是她毫无怨言。有好几次浪花都拍到她身上了，幸亏福格先生冲到了她的面前，保护了她。

天亮了，透过层层的薄雾，终于可以看到海岸线了，但是附近没有一艘船。“坦卡戴尔号”是唯一一艘坚持到底的船。

中午，随着太阳慢慢西行，海面也逐渐恢复了平静。

虽然风暴持续的时间不长，但是来势汹汹。所有的人早已疲惫不堪了。现在，他们终于可以吃点东西，休息一会儿了。

到了晚上，海面已经恢复了风平浪静，船长又让水手们重新升起了帆，这次帆升得很低，可是船速却相当快。

第二天，11日，距离上海已经不足一百海里了。此时的海风明显小得多了，小船终于鼓起了所有的帆，随着船头激起的浪花全速前进。

中午，“坦卡戴尔号”距离上海已经只剩下四十五海里了。还有六个小时，开往横滨的船就要出发了。船上的人都万分焦急，最后大家决定，不惜任何代价，一定要准时赶到上海！所有人——或许福格先生除外——都可以感觉到自己紧张的心跳。可是，若想准时到达，必须将船速控制在九海里以上，但是风越来越弱，而且还断断续续。

下午六点，只剩下最后十海里了。七点钟，离上海还有三海里。

就在这个时候，有一个冒着一团团黑色烟雾的长烟囱慢慢浮出了水面。这就是那艘开往美国的邮轮。

“该死！”约翰·邦斯比船长突然大叫道，绝望地推了一把舵。

“发信号！”福格先生短促而有力地说道。

“坦卡戴尔号”上立刻架起了一门在大雾天发信号的小青铜炮。炮筒里装满了火药，就在船长刚举起炭棒准备点火的时候，福格先生突然说：

“降半旗！”

这是船只遇难时的求救信号。他希望美国船看见信号后，会改道过来营救。

“点火！”福格先生一声令下，小青铜炮的轰鸣声顿时响彻天际。

第八章　可怜的“长鼻子”

福格先生终于赶上了，现在的一切似乎都还好，可是路路通呢？他究竟怎么样了呢？他真的赶上“卡尔纳蒂克号”了吗？可怜的“长鼻子”指的是什么呢？到底发生了什么事情？让我们继续往下看吧！

“卡尔纳蒂克号”是在11月7日下午六点半出发的，它满载着游客和货物，由香港向日本驶去。但是船上却空着两个舱室，是以菲利亚斯·福格的名字订的房间。

第二天一大早，在甲板上，乘客们惊奇地发现了一个蓬头垢面、睡眼惺忪的乘客，跌跌撞撞地从二等舱里蹒跚而出，一屁股坐到了旁边的一个小筏子上。

这位看上去很惨的乘客正是路路通，可是发生了什么事呢？

原来，在菲克斯离开酒馆不久，确切地说是烟馆，店里的伙计就把烂醉如泥的他抬到了后面专门放烟鬼的大炕上。三个小时后，被噩梦惊醒的路路通缓过神来，努力和鸦片做着斗争。突然，他想到了自己还有一件重要的事没做，便慢慢苏醒过来了。于是他抓着墙，努力让自己从炕上爬起来，颤颤巍巍地向门口走去，跌倒了再站起来，再跌倒再站起来。他就这样本能地挣扎着从烟馆走了出来，嘴里一直像说梦话一样地喊着：“‘卡尔纳蒂克号’！‘卡尔纳蒂克号’！”

就在这时，“卡尔纳蒂克号”已经吐着一股股浓烟准备出发了。眼看着船就要起锚了，虚弱的路路通离船还有好几步之遥。只见他冲上甲板，飞身一跳，上了悬梯，但是头也重重地砸到了甲板上，顿时就不省人事了。船员们似乎见多了这种场面，也就没大惊小怪，直接把这个可怜的小伙子抬到了一间二等舱里。路路通直到天亮才醒过来，但是这时船已经开出中国的海岸线一百五十多海里了。

就这样，路路通便出现在了“卡尔纳蒂克号”的甲板上。当他大口大口地呼吸着新鲜的海风时，他彻底地清醒了，开始慢慢整理思绪。在经过一阵痛苦的回忆后，他终于回忆起来，包括那个烟馆、那个可恶侦探的话和所作所为。

“就是这样！”路路通自言自语道，“唉！都怪我醉得太厉害了！福格先生会说什么呢？不过还好我没有误船，这才是最重要的！”

之后他又想到了菲克斯。

“那个家伙，真希望早点甩掉他，希望在这次谈判之后他就不敢再跟我们上‘卡尔纳蒂克号’了！他居然是侦探，还在跟踪福格先生。这怎么可能？如果福格先生是盗贼，那我不就是杀人犯了！”

那要把这些事告诉福格先生吗？应该告诉他吗？还是回到伦敦后再告诉他，有一个首都警署的侦探，把他当成了盗贼，也跟着他环游地球一周。主人会不会把这当成是一个笑话呢？对！这样最好了！不过当务之急，还是要尽快找到福格先生啊，然后再为自己的不妥行为向他道歉。

路路通“嗖”地一下站了起来，不过，现在甲板上晃得有些厉害。他的腿还有些发软，但总算是撑到了船尾。

在甲板上搜寻了半天，可是没有一个人长得像福格先生或是奥达夫人。

“对了，”路路通好像忽然想到了什么，“奥达夫人

这个时候一定还在睡觉呢！福格先生也应该在打牌……”

于是路路通来到大厅，但是还是没有福格先生的影子。他只好去找事务长，事务长却说船上根本就没有这位先生。

“对不起！”路路通还是不死心，“他个子很高，看上去很冷酷，不爱和人交谈，身边还有一位年轻的女士……”

“可是船上并没有您说的那位年轻的女士啊！”事务长回答说，“这里有张乘客名单，您找找看！”

路路通拿过名单，翻来覆去地看了一遍又一遍……还是没有福格先生的名字。

路路通顿时头晕目眩，一个不好的念头刹那间从他脑子中闪过。

“哦，糟了！这艘船是‘卡尔纳蒂克号’吗？”他大叫了一声说。

“是的。”

“开往横滨？”

“对啊！”

“那我没有乘错船啊！”路路通小声嘟囔着。但是为什么福格先生不在上面呢？他一边想一边坐了下来。就在他的屁股刚要贴到椅子的时候，他就好像被电击到一样，猛地站了起来：“啊，糟了，‘卡尔纳蒂克号’提前出发了！我应该去通知他们的！唉！都是我的错，他们一定是误了船了。”

确实是他的错，但是更可恶的是那个一心要分开他们主仆、为了在香港拖住福格先生而把路路通灌醉的人。现在福格先生一定会破产的，两万英镑的赌注啊……路路通想到此，不由地猛拽自己的头发。

“啊！有朝一日，你要落到我的手上，看我怎么收拾你！”路路通忍不住发狂地叫道。

刚开始，路路通很沮丧，但是很快他就恢复了理智。他仔细地考虑了一下自己的处境，情况相当不妙。他现在口袋空空，这艘船又是要开往陌生的日本，到了之后，他要怎么办呢？不过还好，船费已经付过了，在船上可以尽情吃喝，他一个人甚至吃掉了他们三个人的东西，就好像要去的是个荒芜之地似的，什么吃的都没有。

13号早上涨潮时，“卡尔纳蒂克号”驶入了横滨港——这是一个太平洋上重要的中转站，所有往返于北美、中国、日本、江户的大小邮轮，都要在此停靠。江户是日本的第二大城市，曾是日本征夷大将军的驻地，在最辉煌的时候可以与这个国家的皇宫——天皇所在地匹敌。

“卡尔纳蒂克号”停泊以后，路路通便下了船，但是对于这所谓的神奇土地，他一点也提不起兴趣来。他只好在城里漫无目的地瞎走，打算碰碰运气。

他最先来到一个欧式街区，这里的房屋都很低矮，回廊下是精美的廊柱。街上有着各种商业、各色人种，就和香港、加尔各答一样。而这个可怜的法国小伙子就这样被夹在中间，像是被扔进了南非的霍屯督一样孤立无援。

路路通本来可以有一个办法——跑到法国或英国驻横滨领事馆去求助，但是他害怕只要一讲自己的经历，就有可能会把福格先生牵扯进来，所以他决定不到万不得已，绝不走这一步！

他又走到了日本区，结果还是一样。路路通心底暗暗地想，如果还是别无选择，他就这样一直走到江户。路路通就在这繁华的街道和络绎不绝的人群中逛来逛去，这里不仅有陈列着稀奇玩意的商店、珠宝店，还有饭店、茶馆，另外这里也有一些烟馆，但是他们吸的不是鸦片，而是一种气味芳香的烟草，日本这里没有人吸鸦片。

之后，路路通来到了一片稻田里，山茶花正在怒放，释放着自己最后的魅力和芬芳，但是它们都长在高高的树上，而不是矮枝上。竹篱笆围成的果园里，人们种了很多樱桃树、李树、苹果树，不过这倒更像是在种花供人欣赏。高大的云杉是巨鹰栖息的好地方，垂柳下一只只仙鹤独腿站立在旁边。鹤很受日本人的崇敬，他们认为它象征着长寿和幸福。

路路通走着走着，发现草丛中藏着几株紫罗兰。

“太好啦！有东西吃了！”路路通惊喜地叫道。

他拿起来一闻，但是这些花却没有一点香味。

“唉！真倒霉！”他心想。

不过，幸好在下船之前，他已经饱餐了一顿。但是经过一天的消耗，他的肚子还是唱起了空城计。而且他还注意到，当地的肉铺从不卖羊肉或者猪肉。路路通知道，因为在日本耕牛是不能用来吃的，所以日本肉食稀少。但是他的胃还是渴望来点什么别的肉，那些日本人除了吃米饭，应该还吃些像野猪肉、鹿肉、鹌鹑之类的肉吧！但是天不遂人愿，看来得明天再说了。

天已经黑了，路路通只好又回到了城里，街上挂满了五彩缤纷的灯笼，卖艺的人正在尽展其才。码头上，渔民们正用点燃的树脂引诱鱼上钩。

渐渐地，街上的人已经寥寥无几了，警察穿着漂亮的制服，在随从的簇拥下，就像大使出巡一样开始巡夜了。路路通看到此景还开玩笑地说：

“喔！好哇！又一个日本大使要去访问欧洲了！”

第二天，饥肠辘辘、身心疲惫的路路通下定决心，一定要尽快找点吃的！其实他还可以卖掉自己的表，但是他宁愿饿死也不会卖的。或许他还可以好好利用一下他天生的好歌喉，虽然称不上韵味十足，至少也是浑然有力！

但是，和那些街头艺人相比，他的这身着装似乎也太好了！于是他准备去换一套符合现状的着装，说不定还能换回一些钱，那样就可以先给他的胃弄点吃的了。

找了很久之后，他终于找到了一家旧衣店，兴冲冲地跑了进去。正好店主十分喜欢这身欧式服装，于是很快路路通就换好了一身和服，口袋里还多了几块银币。

“好了，”他幽默地说，“我现在可以去过狂欢节了！”

现在，一身日本人打扮的路路通，第一个要做的任务就是填饱肚子。于是他走进了一间茶室，要了一些碎鸡肉和一小团米饭就往嘴里塞，狼吞虎咽，简直就像是一个吃了上顿没下顿的可怜虫。

“好了，现在我可不能再稀里糊涂的啦！这套衣服可不能换成更差的啦！我必须要尽快离开这个鬼地方才行！”

路路通希望可以找到一艘开往美国的船，这样他就可以在船上当个不要报酬的厨师或是服务生，使自己可以免去旅费到达美国。但是他越是这么想，他的心里也就越打鼓：人家凭什么相信我啊？会雇用我吗？

正在这时，一张小丑举着的海报吸引了他的视线，上面写着：

尊敬的威廉·巴图卡尔先生带领的日本杂技团

赴美之前的最后一次演出

在“泰古神”保佑下的特别节目

长鼻子——鼻子长

精彩绝伦不容错过！

“美国！”路路通兴奋地大叫道，“这就是我想要的！”

于是，他跟着小丑来到了色彩鲜艳的马戏棚。棚上装饰了许多小旗子，外墙画有所有杂技演员的画像，这就是巴图卡尔先生的马戏团。他是一位有名的杂技团经理，麾下有大批演员，可以表演各种杂技。

路路通走进院子，要求见一见巴图卡尔先生。不一会儿，巴图卡尔先生出来了，

“先生，您有什么事吗？”

“您需要仆人吗？”

“仆人？”巴图卡尔先生摸了摸下巴上浓密的胡子，

大声叫起来，“我已经有两个了，忠实、听话、不要报酬，而且从未离开过我……看，就是它们。”他一边说，一边抬起来两条结实的胳膊。胳膊上青筋暴露，和低音提琴上的琴弦一样粗。

“那么，我在您这儿一点用处都没有了吗？”

“没有！”

“见鬼！可是和你们一起去美国对我来说正合适！”

“哦，这样啊！”巴图卡尔先生说，“其实，如果您这样打扮就像日本人的话，那我这样就像猴子了！您怎么会穿成这样？”

“有什么就穿什么啦！”

“也是！您是法国人？”

“当然！法国巴黎人！”

“那您一定会装模作样了？”

“是又怎么样？”路路通没想到他会问这样一个关于国籍的问题。他心里暗暗想道：是，我们法国人是会装模作样，但是比起你们美国人的装腔作势，那可就差远了。

“那好，我不需要仆人，但是您可以在我这里当个小丑。在法国，人们喜欢看外国的小丑；现在在外国，人们自然喜欢看法国的小丑！您明白吧？”

“噢！”

“您力气大吗？”

“当然，特别是吃饱饭后。”

“会唱歌吗？”

“会！”路路通回答，想当初他还在街头演唱会唱过呢！

“头朝下，倒立着唱，并且要左脚转陀螺，右脚顶军刀？”

“当然，没问题！”路路通此时回想起了年轻时受训练的情景。

“您看，这就是您要做的！”

两人当场拍板！就这么定了！

路路通终于找到工作了，而且还是在一个著名的马戏团里工作，更棒的是，一个星期之内，他就可以去旧金山了！

演出三点开始，他甚至还来不及熟悉自己的角色，只知道要在“叠罗汉”这个节目里，把自己的肩膀贡献出去。这个节目是由信仰“泰古神”的长鼻子演员表演的，也是整场演出的压轴节目。

还不到三点，戏棚里已经密密麻麻地挤满了观众。男男女女、老老小小，不论国籍，都冲到了舞台正对面的长凳上。乐队回到了棚里，顿时乐声大作，锣鼓、快板、长笛……热闹非凡。

不得不承认，这里的各种杂技表演每一个都精彩无比！神奇的碎纸魔术、惊险的烟斗喷字、滑稽而又精湛的杂耍……

终于到了最精彩的“长鼻子”表演了，演员们个个穿得像中世纪的传令官一样，肩上系着一对漂亮的翅膀，不过最特别的是每个人脸上都装着一个竹竿做的长鼻子，有六七尺长。有的光滑笔直，有的却粗糙弯曲，但是都相当结实。这个节目是这样表演的：地面上仰面平躺着十二三个这样的“长鼻子”演员，另一些“长鼻子”演员则要爬上这个像避雷针一样立着的长鼻子，然后在鼻子上跳来跳去，做一些让人瞠目结舌的动作。最后，他们还要搭建一个“人体金字塔”：由五十几个长鼻子在台上表演“叠罗汉”，不过这个“叠罗汉”可不是踩在肩膀上，而是踩在垫底的人的长鼻子上。因为最近有一个垫底的演员离开了杂技团，所以他们才需要一个健壮而又灵巧的人代替他，路路通因此才得到了这个工作机会。

此时，这个穿着中世纪服装的小伙子，背着五颜六色的翅膀，装着六英尺长的假鼻子，神气地走上前台。接着是第二层演员，他们躺到了这些鼻尖上，之后是第三层、第四层……不一会，金字塔就要顶到顶棚了。顿时，全场爆发出雷鸣般的掌声，乐声大起。可就在这时，金字塔忽然失去了平衡，其中一个底层演员的长鼻子突然耷拉了下来，于是，整个塔身就像倒塌的积木一样噼里啪啦全部塌了下来……

这都是路路通惹的祸！因为他突然离开了自己的位置，并且以最快的速度，飞一般地跨过了围栏，向右边的看台跑去，然后扑倒在一位观众脚下，大声喊道：

“啊！是我啊！福格先生，是我！”

“你？”

“是我！”

“哦，太好了！那我们走吧！一起上船去！”

于是福格先生、奥达夫人陪着路路通迅速地从马戏棚里往外走，但是到了门口的时候却被愤怒的巴图卡尔挡住了，说是要他们赔偿损失。于是福格先生一句话也没说，只是扔给了他一沓钞票，他就立刻转怒为喜了。六点半，就在轮船刚要起航时，他们登上了开往美国的邮轮。慌乱中，路路通甚至连脸上的长鼻子、肩上的翅膀都没来得及取下。

第九章　历经磨难的意外之喜

路路通终于和福格先生重逢了，他再也不用挨饿受冻了，还好时间没有差多少，但是他们的旅行还得继续，后面会一帆风顺吗？究竟还有什么困难等着他们？福格先生的打赌结果如何？意外惊喜是什么？快去看看吧！

让我们再回到福格先生快到上海的那一幕看看吧。大船收到“坦卡戴尔号”发出的信号后，大船的船长看到小船降下了半旗，便急忙赶来营救。之后福格先生塞给约翰·邦斯比船长五百五十英镑作为船费，然后就和奥达夫人、菲克斯登上了邮轮。

11月14日早晨，他们准时到达了横滨。福格先生马上去了“卡尔纳蒂克号”上打听情况，得知路路通确实是在前一天乘此船到了横滨。奥达夫人知道后非常高兴，也许福格先生也是，只是他不动声色。

因为福格先生晚上必须再坐船去旧金山，所以他立刻开始了对他的仆人——路路通的寻找。但是，法国领事馆、英国领事馆都没有线索，横滨的大街小巷也没有他的影子。正当他不抱任何希望之时，某种预感驱使他走进巴图卡尔先生的马戏棚。虽然福格先生和奥达夫人没有认出穿着奇特的路路通，但是路路通却发现了观众席里的福格先生，他顿时激动得再也无法继续表演，于是刚刚的那一幕就发生了。

路路通也从奥达夫人那里听说了他们发生的一切，包括菲克斯一同乘船来到了横滨。不过路路通一点也不惊讶，但是现在告诉福格先生自己和菲克斯之间的一切，路路通觉得还为时尚早。所以他只是对福格先生说自己在烟馆被鸦片熏倒了。福格先生什么话也没说，只是给了他一笔钱，让他赶紧在船上买一身合适的衣服。

这艘开往旧金山的轮船是“太平洋邮政汽船公司”的“格兰特将军号”，是一艘两千五百吨的巨轮，而且带有轮机。设备一流，速度极快，船速保持在时速十二海里左右，也就是说不到二十一天就可以穿越太平洋。福格先生坚信他们在12月2日一定可以到旧金山，之后在12月11日到达纽约，那样他们就可以在20日回到伦敦，也就可以比规定的21号再提前几个小时。

这次，轮船没有发生任何海上事故，而且在巨大的轮机和强有力的风帆的共同推动下，轮船平稳而快速地前进着。奥达夫人极其关心福格先生的环球旅行计划，因此她一直向路路通问这问那。一提到自己的主人，路路通就会兴奋地谈起来，夸赞福格先生的诚实、善良、慷慨，还不忘安慰奥达夫人旅行最困难的部分已经过去了，一定可以顺利结束的。

11月23日，按照路程来计算，福格先生已经完成了三分之二的旅程，离约定的旅行结束日期还有二十八天的时间。路路通的心情也好极了，他依旧固执地在那块祖传手表上保持着伦敦的时间，此时他虽然没有调过表，但是时间却和船上的一模一样了。

“哈哈！我就知道，早晚有一天太阳会和我的手表一致的！”

但是如果他的那块古董表采用和意大利表一样的二十四小时计时制，恐怕他就不会这么得意了！

菲克斯侦探一到横滨便马不停蹄地跑向英国领事馆，希望可以争取到时间，能让他及时跑回来继续跟踪福格先生。在这里，他终于拿到了逮捕令。原来，这个逮捕令从孟买开始后的四十几天里，一直跟在他后面不停地被转寄。警方认为菲克斯先生一定会乘坐“卡尔纳蒂克号”，于是就把它交给了这条船上的人，让他们从香港一直带到横滨。可以想象，现在的菲克斯侦探得有多失望啊！离开了英国的管辖区域，它已经没有用了，如果要逮捕福格先生就必须再要一份引渡证明才行。

“算了！”菲克斯生了一阵闷气，“虽然在这里逮捕令没什么用，但是回到英国就有效了，我要继续跟踪他！至于赃款，希望到时候还可以省下点吧！”下定决心后菲克斯侦探也登上了“格兰特将军号”。但是路路通为什么没有看到他呢？原来，侦探看到福格先生上船时身后还跟着路路通，为了减少麻烦他便躲了起来。不承想有一天，在前甲板上，两人撞了个正着。路路通二话不说，直接上去掐住了菲克斯的脖子，狠狠地把他揍了一顿。

打完后，路路通心里痛快多了，渐渐平静下来。菲克斯狼狈地爬起来，冷冷地望着对手说：

“打完了吗？”

“暂时打完了！”

“那么，过来谈谈吧！”

“我？”

“关于您的主人！”

路路通好像立刻就被对手降服了，乖乖地跟着菲克斯来到了船头。

“您刚才已经打了我了，”菲克斯说，“现在该听我说了，我是曾经和福格先生作对过，但是从现在开始我会帮助他！”

“喔！”路路通叫道，“您终于相信福格先生是一个正人君子了！”

“不！”菲克斯冷冷地反驳道，“他是个混蛋！嘘！别动！听我说完！福格先生在英国管辖范围之内时，我为了等逮捕令，用尽办法拖住他，在孟买唆使僧人起诉他、在香港灌醉你来分开你们主仆二人，让他赶不上去横滨的船……”

路路通不由得又攥紧了拳头。

“但是现在，福格先生似乎要回英国了，这样最好，我还是会一直跟踪他。不同的是我会拿出所有的心思和热情来扫除他旅途中的一切障碍。但是，我还是要告诉你，你的利益也就是我的利益，只要到了英国你就会明白，我到底是在为一个罪犯服务，还是在为一位绅士服务！”

路路通认真听完菲克斯侦探的话，感觉到这些话确实是出自他的真心。

“我们是朋友吗？”菲克斯问。

“朋友？不！”路路通回答，“最多也就是同盟，还是以假想的利益为基础。但是如果被我发现，你有一点背叛的苗头，我一定会立刻扭断你的脖子！”

“好！一言为定！”菲克斯侦探平静地说。

12月3日，也就是十一天后，“格兰特将军号”顺利驶入金门港，到达了旧金山。没有耽误一天，但是也没有提前。

早上七点，菲利亚斯·福格先生、奥达夫人和路路通终于踩到了美洲的陆地上——这个刚下船时踩到的浮在水面上的码头。路路通想以一个漂亮的后空翻登陆，但是他的双脚不小心踩滑了，差点来了个狗啃泥！以这样狼狈的方式踏上美洲大陆的，他还真是第一人。

福格先生一下船就去打听开往纽约的火车最快在几点出发。有人告诉他说是晚上六点，也就是说，他有一天的时间来参观这个加利福尼亚州的城市。然后，福格先生花了三美元雇了一辆车向国际饭店飞奔而去。

路路通坐在前排高高的座位上，对这座美丽城市的一切充满好奇：宽敞的街道、整齐的矮房，还有不同风格的教堂、寺院、船坞、仓库，街上跑的公共汽车、电车以及由不同国籍的人组成的这二十万人口。

1849年，这里还有杀人放火的强盗出没，三教九流的淘金者也蜂拥至此。但是现在展现在人们面前的是一派商业大都市的风貌，有警卫日夜把守着市政厅，管理着大街小巷；垂直交叉的街道中间还点缀着片片绿地。不远处的一个中国城，就好像是被装在玩具盒里，从中国运来的。还有“伦敦的摄政大街”“巴黎的意大利街”“纽约的百老汇大街”等。这些街道上的商店里，有来自世界各国的商品。

到了国际饭店后，他们舒适地安顿好自己，就好像从未离开过英国一样。饭店底层还有一个酒吧，里面为顾客提供一些免费的小吃。上面的餐厅环境非常优雅，更有丰盛的菜肴在等着他们。

吃过午饭，福格先生由奥达夫人陪同，打算去办签证。在路上，他碰到了他的仆人路路通。正巧路路通也想问问福格先生是否要买一些手枪，因为听说这里常有西乌人、波尼斯人在半路拦劫火车。对这一点福格先生倒是没太在意，他只是让路路通自己看着办。

福格先生还没走几步，便“意外”地遇见了菲克斯侦探。菲克斯做出一副惊讶的表情，然后对这一次的偶遇表示很荣幸，说是要好好谢谢福格先生。他表示，自己也正好要回欧洲，所以很高兴可以有这样一位同伴。福格先生也表示很荣幸。为了更加严密地监视福格先生，侦探还邀请福格先生和自己一起参观这座城市。福格先生欣然接受了。

就在三人刚一踏进蒙哥马利大街时，他们突然就被大街上的人山人海还有各种旗子惊住了，同时他们还听到了此起彼伏的尖叫声：

“卡麦菲尔德必胜！”

“曼迪伯伊必胜！”

原来是一场集会，至少菲克斯这样认为，他还笑着对福格先生说：

“我们最好不要和他们搅和在一起，否则只会挨揍！”

“是的！”福格先生说，“和政治有关的拳头可比一般的厉害多了！”

于是，福格先生、奥达夫人和菲克斯便坐在一个高处的露台上，他们发现所有的人流正在向一家运煤商和一家石油公司中间的空地移动，那里搭建了一个演讲台。这究竟是怎样一个集会呢？为什么他们要举行这个集会？如此轰动的声势，难道是在选举高级军官或者文官？

人群突然一阵骚动，所有人都举起了手，很多人甚至握紧了拳头，像是要打人一般。尖叫声顿时四起——但这可能只是一种比较激进的投票方式，侦探这么猜测着。此时的演讲台下万头攒动，情势激荡不安。在空中翻动的旗帜忽地倒下，再被竖起时已经面目全非。人群突然拥挤到福格先生他们身边，抬头看去尽是黑压压的脑袋，很多人已经被挤倒在地。

奥达夫人紧紧地挽着福格先生的胳膊，惊讶地看着眼前的一切。尖叫声、谩骂声更加震耳欲聋，举起的手已经全变成了拳头。

“保险起见我们还是走吧！”菲克斯说，他可不想福格先生在这儿犯事，“如果这起事件和英国有关，而我们又被认了出来，一定会很惨的！”

“一个英国公民……”福格先生说。

刚说到一半，只听人群再次大声叫了起来：“万岁！曼迪伯伊必胜！”从侧面来的人对卡麦菲尔德派发起了进攻。而且他们手上全带着家伙，铁棒、短棍……看起来气势汹汹。福格先生和菲克斯为了保护奥达夫人被冲得东倒西歪，但是福格先生还是和平时一样冷静。突然，一个面红耳赤、体格强壮、满脸红胡子的家伙，抡起拳头朝着福格先生狠狠地打了下去。幸亏菲克斯舍身相救，可是他自己硬硬的帽子被人打扁了，要不是他的话，福格先生一定伤得不轻！

“美国佬！”福格先生轻蔑地盯着对手。

“英国佬！”那个人也不甘示弱。

“我们以后一定会再见面的！”

“随时恭候！您叫什么？”

“菲利亚斯·福格！您呢？”

“斯坦普·W·普罗克特上校！”

话音刚落，人群冲了过来，等被冲倒的菲克斯站起来时，他的衣服已经破烂不堪，幸运的是没受什么伤！

“谢谢！”福格先生走出人群后对菲克斯说。

“没什么！先走吧！”菲克斯回答。

“去哪儿？”

“服装店！”

确实，连福格先生和奥达夫人的衣服也被撕成一条一条的了。

一小时后，他们穿戴整齐地回到了饭店。奥达夫人将刚刚的一幕告诉了路路通。路路通顿时放心了，这个侦探果然信守承诺！

吃过晚饭，福格先生收拾好一切，正准备赶往火车站，可是他又突然想起来一件事。

“您之后没有再见到普罗克特上校吧？”

“没有！”菲克斯回答。

“我一定会再回美国来找他的！”福格先生冷冷地

说，“一个英国公民在这里居然受到如此礼遇，简直太不像话了！”

菲克斯侦探笑了笑，什么也没说。福格先生就是这样一个可以为荣誉而战的英国人，他不能容忍这种无理的挑衅，不论是在国内还是在国外。

六点一刻，大家已经到了火车站，就在大家准备上车的时候，福格先生看到了一名工作人员，于是上前问道：

“朋友，您知道刚才发生了什么骚乱吗？”

“不，那只是个集会！”乘务员回答道。

“可是，当时街上的场面特别混乱。”

“哦，只不过是一个选举。”

“那是要选一个总司令吧！”

“不，只是一个治安法官。”

听完这话，福格先生他们便直接登车了。火车全速向前驶去。

美国人有这样一句话，“从大洋到大洋”，说的就是这条从太平洋出发、横贯美国东西的铁路大动脉。实际上，“太平洋铁路”有两部分：一条是从旧金山到奥格登的“太平洋中央铁路”，一条是从奥格登到奥马哈的“太平洋联合铁路”。如此一来，纽约和旧金山就被这条全长超过三千七百八十公里的铁路完整地连接起来了。也就是说，福格先生他们的这段旅程只需要花七天的时间就足够了，那么11日他们就可以到达纽约，然后再坐船去利物浦。

火车刚开出一小时，天上飘起了雪花。晚上八点，一名乘务员进来通知大家该睡觉了。原来这是一间卧铺车厢，短短几分钟后，这节车厢就变成了卧室。那些设计精巧的椅子，只要把椅背放下就是一张舒适的床，厚厚的窗帘将车厢隔成了一个个小空间。洁白的床单，柔软的枕头，就等着乘客休息了。很快，大家都进入了梦乡，仿佛此时正睡在豪华游轮的舱室里，而不是乘着火车全速穿越加利福尼亚州！

第二天，火车一直平稳地全速前进。可是下午三点，一支由一万多头野牛组成的队伍陆陆续续地从铁路上走过，火车不断地闪烁着驱牛灯，但是没有用，队伍太长了。火车的速度一直减到了零，最后不得不停下来等着。

乘客们纷纷跑过来欣赏这奇特的一幕，本应该很着急的福格先生也只是安静地坐在座位上等着，或许他希望这群野牛可以突发善心给他们让个道吧！路路通可没他主人脾气那么好，他对于这次野牛群造成的时间耽误恼火至极！

“什么鬼地方啊！”他大声嚷道，“几头牛也能拦住火车？它们居然还在那里排成一个长队、慢慢悠悠地走，一点也不想想自己给交通造成了多大危害啊！司机也是，

怎么不干脆把他们撞开算了！”

其实，司机还是很理智的。虽然火车直接冲过去是可以撞开几头牛，但是即使火车再坚固，它也无法跟有一万多头野牛的队伍抗衡。要是把野牛逼急了，火车不仅会被迫停下，甚至会在野牛的攻击下造成脱轨。那时火车就真的走不了了。所以火车只好耐心等待，等到后面再加把劲把时间补回来。

整整三个小时后，这支野牛队伍才算走完。可是这时天已经黑了，到了晚上八点，火车才穿过洪堡山脉，九点半，进入了犹他州。

第二天，也就是11月6日下午两点，火车终于到达了奥格登车站。因为六点钟火车才会再开，所以福格先生一行人可以顺便参观一下这座圣城。不过这座城市和其他美国城市并无太大不同。整齐的建筑、笔直的街道组成了这座棋盘似的城市。

六点钟，火车准时离开了奥格登车站。此时离旧金山已经有九百多英里了，从这里往后的路就平坦多了。第二天，火车在格林河车站停了一会儿，由于前一天这里下了一场大雪，不过还好是雨夹雪，现在积雪已经融化得差不多了，不会给火车带来多大影响。不过路路通总认为，车轮上沾满了雪，一定会影响前进的！

“真是的，什么想法啊！”路路通唠叨着，“福格先生怎么会想在冬天旅行呢？难道就不能等天气好点再出发吗？那样赢的概率还会大些！”

不过奥达夫人比路路通更加担忧，她担忧的是另外一件事。停车时，有的乘客下车去透透气，奥达夫人透过车窗，无意中看到了人群中的斯坦普·W·普罗克特上校，就是那个在旧金山集会上暴力对待福格先生的人。她不想被他看见，于是立刻把身体向后缩了缩。一想起福格先生说过，迟早会来找他算账的，她就开始紧张起来。当然，普罗克特上校会上这辆车纯属巧合。不管怎样，必须尽量避免让他们碰面。

列车开动了，趁着福格先生打瞌睡的时候，奥达夫人出去把这件事告诉了路路通和菲克斯。

“什么？那个普罗克特上校也在……”菲克斯激动地大叫起来，“好，夫人，您放心吧！在福格……先生找他算账之前，我一定会先去找他的！因为在这件事情上，受到最大侮辱的人是我！”

“还有我，”路路通补充道，“就算他是上校，我也不怕！”

“菲克斯先生，”奥达夫人说，“福格先生是不会让任何人帮他的！他之前还说过，一定会再回美国来找他算

账。我担心的是，现在福格先生要是知道他也在车上，一定会去找他的，那后果一定不堪设想！所以我们必须阻止他们见面。”

“夫人，你说得对！”菲克斯回应道，“如果那样就全完了，无论输赢，福格先生都会耽误时间，那样……”

“那样，”路路通接着道，“改良俱乐部的那些绅士就占便宜了。还有四天，我们就可以到纽约了，只要不让福格先生离开这节车厢，他们应该就不会碰见。上帝保佑啊！不过，我们可以阻止……”

此时福格先生醒了，他正透过车窗向外眺望。过了一会儿，路路通用连奥达夫人也几乎听不到的声音问菲克斯：

“你真的想替福格先生教训那个家伙吗？”

“我会不惜一切代价把他安全护送到英国的。”菲克斯坚定地说。

路路通一听这话，不由得打了个冷战。

那有什么办法可以阻止他们见面呢？过了一会儿，菲克斯自以为找到了一个好办法，对福格先生说：

“先生，火车上的时间真是又无聊又漫长啊！还真难熬！”

“是啊！”福格先生回答道，“不过总会过去的！”

“在船上时，您不是有打惠斯特牌的习惯吗？”

“是啊！”福格先生说，“不过这里恐怕不行了！既没有牌也没有牌友！”

“牌我们可以买啊！火车上就可以买到！至于牌友，如果夫人……”

“好的！”奥达夫人连忙说，“我会打！在英国上学时学校就教过这个！”

“我也想玩！”菲克斯说，“如果能玩会儿就太好了！那就我们三个来玩吧，另外一边先空着……”

“好，怎么玩都行！”福格先生很高兴在火车上也能玩自己最喜欢的牌。

于是路路通马上找到乘务员，买回了两副牌、一些筹码、硬币和牌盘。三个人马上玩了起来。

“现在总算把他稳住了！”路路通自言自语道。

中午十二点，乘客们隐约看到了罗什山区的首府哈勒克要塞，此时雪已经停了！但是后来途经了一座即将坍塌的险桥，无奈之下火车开足了马力、铆足了劲，就在冲过桥的一刹那，桥塌了。很幸运，大家总算有惊无险！

第二天上午，打牌计划还是失败了，斯坦普·W·普罗克特上校看到了他们，并且再次挑战了福格先生的耐性，于是两人决定在下一站的间隙进行决斗。

十一点，汽笛声鸣响，火车就要进站了。福格先生起身来到过道，菲克斯跟在身后，路路通也跟了过去。此时奥达夫人的脸已经由于过度担心和紧张而变白了！

另一节车厢的门开了，普罗克特上校出来了，后面一样跟着公证人，看起来很是傲慢。

正当两人准备下车时，列车长跑了过来，

“对不起，先生们，这里不能下车！”

“为什么？”上校忍不住大声问。

“因为我们之前已经延误了二十分钟，所以这一站不能停！”

“但是我要和这位先生下去决斗！”

“很抱歉！”列车长说，“马上就要开车了！听！发车的警钟已经响了！”

钟声确实响了，火车也开动了！

“先生们，很抱歉！其他情况我还可以帮您，但是……如果你们愿意的话，可以在车厢里决斗，没有人会阻止你们吧？”

“但是对这位先生恐怕不合适吧？”

“再合适不过了！”福格先生回答。

“好，痛快！真不愧是在美国！”路路通在心底暗想，“列车长真是世界上最棒的绅士了！”

于是两人及其证人跟着列车长，穿过节节车厢来到了车尾。乘客们也都极其配合地为他们让开了座位。

这节车厢有五十多英尺长，正适合他们两个在这里决斗。两个证人守在门口，留下他们两个，各持一把六发子弹的手枪，在里面单独决斗。规则是火车汽笛响第一声时，他们就互相开枪。两分钟后就可以把活着的那个接出来了。

很简单吧！但就是因为如此简单，此时路路通和菲克斯的心已经快跳出嗓子眼了！

此时的车厢异常寂静，大家似乎都屏住了呼吸，等待第一声火车汽笛鸣响。突然，几声可怕的叫喊声夹杂着枪声，由前面的车厢传来。普罗克特上校和福格先生马上握着枪冲了出来，径直向着枪声跑去。

原来是一帮印第安人在抢劫火车。福格先生他们和劫匪英勇搏斗起来。

一名列车员被一颗子弹击中了，他倒下时说道：

“车子必须在五分钟内停下，不然我们就完了！”

“会停下的！”福格先生说着就要冲出去。

尽管前方不远处就有一个美国兵营，但是如果火车现在不停下来，那这些劫匪就会逃跑。

“先生，您留下，我去吧！”路路通嚷道。

福格先生还没来得及拦住他，勇敢的路路通就已经打开门跑出去了。路路通一手抓住火车，一手去解连接驾驶室和车厢之间的铁栓，但是引力实在太大了，他一直解不开。不过后来火车突然一震，铁栓终于被震出来了。车厢在惯性的作用下滑了几分钟就停下来了。城堡里的士兵听到枪声也都出来了。

经过这一场战斗后，现在大家终于平安了。但是很多人都受了伤，尤其是普罗克特上校受伤最严重，必须立即接受治疗，所以被抬进了车站。而可怜的路路通也失踪了。当福格先生发现后，立刻猜到他是被印第安人抓走了，于是他立刻联合士兵去救他，当然，凭借着福格先生过人的智慧，他们很快就将路路通救了出来，可是错过了接下来的火车！

幸运的是，有人向他们推荐了一种快速的交通工具：雪橇。就这样，虽然一路严寒，饱经折磨，他们还是乘着装有风帆的雪橇，平安地赶上了开往芝加哥的火车。

12月10日下午四点，火车到达芝加哥。可惜的是开往利物浦的“中国号”已经出发了。福格先生的最后一线希望也仿佛被开走的“中国号”带走了。

12月13日，福格先生登上了另一艘邮轮——“亨利艾塔号”。这样，虽然几经周折，终于还有一艘轮船可以为他“服务”。当然啦，福格先生总是有办法的。

12月21日中午十二点，经历了强烈的暴风雨几乎是死里逃生的福格先生，终于到达利物浦。

可是，菲克斯却走到福格先生面前，一手按着他的肩膀，一手拿着逮捕令说：

“您就是菲利亚斯·福格先生吧？”

“是的！”

“我现在以女王陛下的名义逮捕您。”

菲克斯冷冰冰地讲述了自己要逮捕福格先生的理由，然后就不由分说地把福格先生关了起来。

眼看着时间一分一秒地过去。路路通在心底也骂了菲克斯一万次，怨了自己一万次。但是看起来一切都于事无补了。

本来福格先生认为，如果他们能在12月21日中午十一点四十到达利物浦，那么离改良俱乐部之约——晚上八点四十五分——就还有九个小时十五分钟，而从利物浦到伦敦不过六个小时，他们可以从容不迫地到达终点。但是，就在快到家门口时……

两点半了！正当所有人都绝望时，“咚咚咚”，有人跑过来了，这个人正是菲克斯侦探。只听他喘着粗气，上气不接下气地说：

“先……生……抱歉……你们太像了……窃贼三天前已经抓到了……您……自由了！”

后面的事大家可以想象了，愤怒的福格先生挥起拳头，重重地朝菲克斯脸上打去。路路通则是痛快地叫好。然后，他们马上雇车不惜一切代价火速赶往伦敦。当福格先生到达伦敦时，大钟的指针指向了八点五十。

福格先生迟到了五分钟，他输了。

福格先生回到家后，一直把自己关在屋里。路路通也不知道怎样安慰福格先生，也在屋子里待了一天，手里还拿着那张寄来的煤气收费单。

第二天，他把路路通叫来，简短地吩咐了几句话后，就去找奥达夫人。因为自己已经破产，没有能力照顾她了，所以福格先生希望她可以找到她的亲戚，这样她会生活得好些。但是，奥达夫人眼里含着感动的泪水说道：

“我没有亲戚了，您就是我最亲的人！”

福格先生听到这话开始很震惊，但是慢慢地眼睛也湿润了。

“我对世界上最神圣的圣物发誓，我爱你！”

两个历经磨难的人走到了一起，并且决定共患难，他们要在此时让神父为他们举行婚礼，但是又怕太晚了。

路路通满脸笑容地说：

“不晚，一点也不晚。”

“那婚礼就定在明天，明天是星期一。”

“太好啦！就明天，星期一！”

路路通飞快地冲出了家门。

但是，神父告诉满头大汗、气喘吁吁的路路通，明天不能举行婚礼，因为明天是星期天。

于是路路通二话不说，又飞快地跑回家，抓住主人的衣襟使劲往外拽。就这样福格还来不及考虑，就被拖出了房间。在八点四十五分钟声敲响之际，福格先生准时出现在了改良俱乐部的大厅里……

实际上，由于福格先生一直是向东走，也就是迎着太阳走，每跨过一个经度就会为自己节约四分钟。地球是三百六十经度，这样他就节约了三百六十个“四分钟”，就是二十四个小时。就这样，福格先生在不知不觉中为自己赢得了额外的二十四小时。

福格先生赢得了这场赌博，只用了八十天的时间就环游了地球。一路上，他乘坐了各种交通工具，比如轮船、火车、快艇、大象、雪橇……

不管怎样，在旅途中，他一直都保持着非同一般的冷静，寻找解决问题的最佳方法。同时，他也成就了自己的幸福，找到了陪伴自己一生的人。

那么现在，亲爱的读者们，你可以用更短的时间来环游地球吗？

小书虫读经典